U0754791

欧洲民间故事

European Folk Tales

[苏联] 阿·托尔斯泰 等 著

任溶溶 罗新璋 等 译

[丹麦] 凯·尼尔森 等 绘

南方出版社·海口

目录

Italian

意大利

Folk Tales

民间故事

聪明的牧羊人

在一片金黄的麦田旁，有一幢简陋的小木屋，牧羊人和妹妹就住在这里。他们两个经常在森林里嬉戏打闹，过着无忧无虑的生活。牧羊人的妹妹有着百灵鸟般美妙的嗓音，每当她唱起歌，牧羊人就拿出自己心爱的小笛子为她伴奏。

悦耳动听的音乐从小木屋圆圆的窗户里流淌出去，充满整个麦田。在田里干活的艾肯大叔，每次听到歌声，他忙碌一天的疲惫都会一扫而光。

可是最近一连好几天，艾肯大叔都没有听到小木屋里的歌声了。于是他干完农活，特意来到小木屋，想看看兄妹二人发生了什么事。他站在窗前向屋里望去，惊讶地看到妹妹脸色苍白地躺在床上，牧羊人坐在床边，紧紧握着她的手。

"哦，天哪！可怜的孩子！这是怎么了？"艾肯大叔大叫道。

牧羊人猛地抬起头："艾肯大叔，您知道怎么办吗？周围的医生都找遍了，他们都说没办法。"

"要是连医生都没办法的话，那一定是受了什么邪恶的诅咒。对，一定是诅咒！对付诅咒的话，那就要去找正义化身的仙女了。牧羊人，你必须找到住在三只会唱歌的苹果里的小仙女——阿米莉亚，只有她能解除诅咒。"

牧羊人背起行囊，装好小笛子，依依不舍地看了妹妹一眼，转身离开了小木屋，踏上了寻找仙女的旅程。

牧羊人走了好远的路，腿都酸了。他看到大树下有一块大石头，就径直走到石头前，一屁股坐下去。

"大个子救救我！"

"是谁在说话？"

牧羊人被这突如其来的声音吓了一跳，猛地站起来四处找声音的来源，他突然发现面前的树枝上挂着一个小矮人，他穿着尖尖的皮鞋，只有拇指那么高。

牧羊人伸出手，把小矮人放在了自己的手掌心上。

"你来干什么？"

"我正在寻找三只会唱歌的苹果里的小仙女阿米莉亚，你知道她在哪儿吗？"

"不知道，不过我送你一片树叶，它以后一定会派上大用场的。"

牧羊人拿上树叶继续赶路，他来到一个长满莲蓬的池塘边，打算洗洗脸，他刚捧起水，突然池塘竟然摇摇晃晃地向上升，牧羊人连忙抓住池塘的边缘。

牧羊人连人带池塘停在半空中，他缓了好一会儿才看清这个小池塘竟然是一个茶杯。脸颊红扑扑的巨人正睁圆了眼睛看着牧羊人。

"你来干什么？"

巨人的声音吵得牧羊人耳朵嗡嗡作响，他捂着耳朵说："我正在寻找三只会唱歌的苹果里的小仙女阿米莉亚，你知道她在哪儿吗？"

"不知道，不过我送你一颗莲子，它以后一定会派上大用场的。"

牧羊人继续赶路。太阳快要落山了，夕阳的余晖洒在大地上，给一望无际的草原镀了一层金，一群绵羊像珍珠一样散落在草原上。

"这些迷路的小家伙，它们找不到家了。长夜漫漫，它们会冻坏的。"

牧羊人把笛子放在唇边，吹起了悠扬的旋律。绵羊在听到笛声后，都跟在牧羊人身后，牧羊人带领着羊群，向远处那个冒着白色炊烟的毡房走去。

还没走到跟前，一个围着花围裙的妇女远远便向牧羊人迎来。

"谢谢你，牧羊人，帮我找回了羊群。"

妇女热情地把牧羊人让进毡房，给他盛了一碗热气腾腾的玉米粥，还有满满一盘肉干。

"牧羊人，你今晚就在我的毡房住下吧，这里有暖和的火炉，你一定会做个好梦。"

牧羊人摇摇头："我不能休息，我要去寻找三只会唱歌的苹果里的小仙女阿米莉亚，你知道她在哪儿吗？"

"不知道，不过我送你一团羊毛，它以后一定会派上大用场的。"

牧羊人走入深深的夜幕，月亮掩在云彩后面，看不清四周的景色。

突然他的身边出现了一个莹绿色的光点，冲散了一小片黑暗。

"是萤火虫哎，好漂亮。"

牧羊人轻轻地抬起手，这只萤火虫缓缓地落在了他的手指上。

一群萤火虫围绕在牧羊人身边，像一条流动的丝带。

"你们可以听懂我说话！"牧羊人开心地说道。

萤火虫们飞舞起来，排成一个"对"字，然后拼出一句话：

"你来干什么？"

"我正在寻找三只会唱歌的苹果里的小仙女阿米莉亚，你们知道她在哪儿吗？"

萤火虫们飞舞着摆出图案，告诉牧羊人，他得去找到一个满是奇形怪状房子的村庄，找到最高的那幢房子，轻轻敲三下，门就会自动打开，这是一个墙上挂满钥匙的房间，正中间的桌子上放着一个金色的匣子，匣子里装着的就是他要找的三只会唱歌的苹果，小仙女阿米莉亚就住在里面。

萤火虫们叮嘱他，他一定要找到正确的钥匙，这样才能拿走金匣子。不过这并不容易，因为这个房子里有一个看门人，牧羊人只能问他三个关于钥匙的问题，并且只有一次选钥匙的机会。一定要观察看门人回答问题的时候，他鼻子的状态，看门人说真话时鼻子会缩短，说假话时鼻子会伸长。

当第一缕晨光照到大地时，牧羊人终于走到了那个奇怪的村庄，牧羊人一眼就找到了那幢房子，这个房子实在是太高了，墙面是纯黑色的，像一柄利剑直冲云霄，看不到房顶在哪里。

牧羊人在门上敲了三下，门"吱呀"一声开了，他走进去，看到了一个皱巴巴的老头儿。

"小伙子，很高兴你来到这里。"说完这话，老头儿的鼻子伸长了，牧羊人知道他在说假话。

"你可以问我三个关于钥匙的问题，我只会回答是或者否，你只有一次机会选择钥匙。"

墙壁上的钥匙有的像棒棒糖一样五颜六色，有的像铁疙瘩一样普通。牧羊人用手掂了掂，有的像羽毛一样轻，有的他根本拿不起来。

牧羊人看了看，心中有了想法，便问老头儿：

"这把钥匙是彩色的吗？"

"不是。"老头儿的鼻子缩短了，他说的是真话。

"这把钥匙可以沉在水底吗？"

"不能。"老头儿的鼻子更短了，他说的是真话。

牧羊人想了想，问了最后一个问题："我能看到这把钥匙吗？"

老头儿似乎有点生气，他怒气冲冲地站起来，冲着牧羊人喊道："可以！"

"嗖"的一下，老头儿的鼻子变长了许多，都快抵到牧羊人的鼻尖了，这是假话！

牧羊人顺着墙边儿摸索过去，果然在空荡荡的墙面上摸到了一把透明的钥匙。

用这把透明的钥匙，牧羊人打开了金匣子，他满心欢喜地捧着三只苹果。

突然，看门人一拍手，牧羊人的脚下猛地出现一个深洞，他掉了进去。

这个洞深不见底，牧羊人会摔死的！

就在这时，羊毛变成了一个软垫子，稳稳地接住了牧羊人。

老头儿冷哼一声，往深洞里撒下些豆子，豆子刚碰到地面就变成了像小狗一样大的老鼠。

"小的们，抓住这个可恶的小鬼！"看门人嘶哑的声音从上方传来。

牧羊人装好苹果，拔腿就跑。眼看着老鼠要追上他，他从兜里拿出莲子，朝后扔出去。这颗莲子立刻变成一个巨大的莲蓬，把通道遮挡得严严实实，挡住了老鼠们的去路。

牧羊人顺着亮光跑到了出口，才发现这是一个万丈悬崖。他刚一探出头，一支利箭就贴着他的脸颊飞过。看门人向他的方向发射了好多飞箭。牧羊人拿出树叶，树叶立刻变成一个巨大的滑翔伞，伞面十分坚固，利箭撞击到滑翔伞上，发出叮叮当当的声音，箭头全都弯了，看门人气得直跺脚，牧羊人哈哈一笑，向着家的方向飞去。

他越过高山和平原，星星点点的萤火虫为他指路；他飞到绵羊遍野的草原，妇女挥舞着头巾向他呼喊；他飞到像山峰一样坚挺的巨人旁边，巨人冲着他的方向轻轻举了一下长满莲蓬的茶杯；他飞到巨伞一样的大树上方，小精灵们手拉手站在树梢上，为他唱起欢迎的歌谣。

他向朋友们一一问好，最终回到了充满麦田香的小木屋。

"妹妹，妹妹，我回来了！我找到了三只会唱歌的苹果里的阿米莉亚，她可以治好你的病！"

牧羊人跑到妹妹的床边，激动地翻起背包，他想快点把三只苹果拿给妹妹看。结果他翻呀翻呀，却什么都没有找到。

牧羊人伤心地哭起来："对不起妹妹，我把它搞丢了。"

妹妹看着满身伤痕的哥哥，又感动又心疼。她轻轻地摇摇头，说："哥哥没事的，有你在我已经很幸福了，你陪我唱一首歌吧。"

接着妹妹便用尽力气唱起歌谣，牧羊人擦干眼泪，为妹妹伴奏。

音符变成了实物，围绕在他们身边，一个四分音符推了推牧羊人的屁股，示意他坐上来，牧羊人坐在音符上，随着它们飞到了窗外，来到一棵结满苹果的大树下。

树枝上坐着一个金色头发的小仙女，她就是阿米莉亚。

牧羊人带着阿米莉亚一起回去，治好了妹妹的病。从此，他们三个每天唱歌跳舞，快乐地生活在一起。

卢艺编著

会跳舞的水、
能唱歌的苹果和会说话的鸟

很久以前有一个采药人，他有三个女儿，她们都以纺织为生。有一天，她们的父亲去世了，留下三姐妹相依为命。

在她们生活的国度里，统治这片国土的国王有一个习惯，就是喜欢在晚上微服私访，听听子民对他的评价。

一天晚上，国王又出来微服私访，他刚好走到了三姐妹的家门口，听到她们正在争论着什么。大姐说："如果我是王室管家的妻子，只要一杯水就能让整个王宫的人喝饱，而且水还能有剩余。"二姐说："如果我是王室衣橱管理员的妻子，只要一块布，我就能做出所有随从的衣服，而且还能有剩余。"小妹说："如果我是国王的妻子，我将为他生下三个孩子：两个手里拿着苹果的儿子和一个额头上有一颗星星的女儿。"

国王回到王宫后的第二天就派人把三姐妹接了过来，并对她们说："不要害怕，你们只需要告诉我你们昨晚说了什么。"听完大姐的话，国王命人拿来一个杯子，并命令她证明她的话。她接过杯子，倒满水，给王宫里所有的人都喝了之后，杯子里的确还剩下一些水。

"好极了！"国王称赞道。

国王马上召来了管家，跟大姐说："他就是你的丈夫了。"国王接着对二姐说道："那么，现在轮到你了。"然后吩咐随从拿一块布来。二姐马上为所有的随从都裁剪出了一身衣服，并且还剩了一些布。

"好极了！好极了！"国王连连称赞道。然后国王马上又召来王室衣橱管理员，并将他指婚给二姐做丈夫。

"现在轮到你了。"国王对小妹说。

"陛下，我说过，如果我是国王的妻子，我将为他生三个孩子：两个手里拿着苹果的儿子，一个额头上有一颗星星的女儿。"

国王回答说："如果真如你所说，那你就是王后；如果不是，你可就要没命了。"于是国王直接将她留在了宫中。

渐渐地，两个姐姐对小妹嫉妒得不得了。"看，"她们说，"她将成为高高在上的王后了，而我们就只能是她的仆人！"她们暗暗地怒火中烧。

就在小妹的孩子出生的前些天，前线战事告急，国王不得不带领人马奔赴前线。但出征前国王留下指令，如果王后真的生下三个孩子——两个手里拿着苹果的儿子、一个额头上有一颗星星的女儿，他们的母亲就会被正式封为王后；如果没有，她就会被打入大牢。说完，国王就奔赴前线了。

小妹的孩子们顺利出生之后，一直嫉妒小妹的姐姐们贿赂了保姆把三个孩子换成三只小狗，并传信给国王，说王后生了三只小狗。国王愤怒至极，给保姆回信让她照顾王后，两个星期之后就找侍卫把她关入大牢。

保姆把三个孩子抱出门外，扔在荒郊野地里，还喃喃自语地说："就让野狗把他们全都吃掉吧。"就在三个可怜的婴儿这样躺在野地上的时候，三个仙女经过此处，感叹道："哦，这些孩子可真漂亮！"其中一个仙女说："我们应该给这些孩子什么样的礼物呢？"另一个仙女回答说："我要给他们一头鹿哺育他们。""那我就给他们一个永远都花不完的钱包。""而我，"第三个仙女说，"要给他们一个戒指，当他们中的任何一个发生意外时，这个戒指就会改变颜色予以警示。"

就这样，仙女留下的鹿哺育了孩子们长大成人。

没过多久，给他们鹿的仙女来跟他们说："现在你们已经长大了，不能继续留在这儿了。"

"这样的话，"三兄妹中的哥哥说，"那我就去城里租一间房子。"

"记住，"鹿说，"你必须租在王宫对面。"

于是他们去城里按照鹿的指示租了一间房子，并把它布置得跟真的宫殿一样。没过多久，姨妈们发现了这三个年轻人，她们惊恐万分地说："他们竟然还活着！"是的，她们不可能看错，因为孩子们的特征太明显了：两个男孩手里拿着苹果，女孩的额头上有一颗星星。她们叫来了当年的保姆，让保姆跟过去看看。保姆在窗前偷偷观察，等两个男孩外出，家里只剩下一个女孩时，她马上溜了进去。她进去后对女孩说："我的姑娘，你过得还好吗？嗯，你看起来什么都不缺，但是你知道什么才能让你获得真正的幸福快乐吗？那就是'会跳舞的水'。如果你的哥哥们爱你，他们就会为你找到它，让你得到真正的幸福快乐！"保姆停留了片刻之后就离开了。

当大哥回来时，女孩对他说："我亲爱的哥哥，如果你爱我，就去给我找来'会跳舞的水'吧，它能让我获得真正的幸福。"大哥同意了，第二天一大早，他骑上一匹好马出发了。他出发后不久，就遇到了一个隐士。

隐士问他："年轻人，你要去哪里？"

大哥回答："我要去找会跳舞的水，你能告诉我它在哪里吗？"

隐士说道："你这是去送死啊，我的孩子。我可帮不了你，你去找另一个更年长的隐士吧。"

大哥继续赶路，他又遇到了一个隐士。在听到大哥的诉求之后，这个更年长的隐士给了他同样的指引。于是大哥继续前行，直到他遇到了第三个隐士，这位隐士比前两个更年长，他的白胡子都垂到了脚上。大哥向隐士问了同样的问题，隐士告诉他："你得爬上那边的山，你爬到山顶会看见一个

大平原和一个有着气派大门的房子，门前有四个手持宝剑的巨人。"

隐士还告诫大哥："你进门的时候，千万要注意！当巨人闭着眼睛的时候，不要进去；等他们睁着眼睛的时候再进去。之后你会来到一扇门前，如果你发现门是开着的，不要进去；如果门关着，就推开它，走进去。再之后你会看见四头狮子，当它们闭着眼睛时，不要进去；它们睁开眼睛的时候再进去。然后你就能看到会跳舞的水了。"大哥记住了隐士的话，匆匆告辞，便再次上路了。

与此同时，女孩一直在不停地观察着那枚戒指，看戒指上的宝石是否变了颜色。还好戒指上的宝石一直没有变色，女孩暂时放下了悬着的心。

几天后，大哥来到山顶，看到了那座有四个巨人把守着的宫殿。四个巨人闭着眼睛，而门是开着的。

"不，"大哥说，"现在不能进去。"

大哥在一旁观望了一会儿。等到巨人睁开眼睛，门关上，他推开走了进去；等到狮子睁开眼睛，他继续前行。在那里他找到了会跳舞的水，灌满一瓶，趁狮子再次睁开眼睛的时候跑了出来。

此时，姨妈们很高兴，因为她们得知大哥已经很长时间没回家了，估计是死在了路上。

可是没过几天，大哥安然无恙地回来了，他一到家就给了女孩一个大大的拥抱。他们还做了两个金盆，把会跳舞的水放了进去，只见会跳舞的水从一个盆跳入了另一个盆。

当姨妈们得知大哥安全回来并且还真的带回了会跳舞的水时，她们气急败坏，于是又叫来保姆商量对策。这次保姆又趁着女孩一个人在家时假意去看望她。

保姆对女孩说："你知道'能唱歌的苹果'吗？得到它你才知道什么是

真正的幸福和快乐。"说完她就匆匆离开了。

当大哥回来时，女孩对他说："如果你爱我，你就帮我找到能歌唱的苹果好吗？"

大哥说："没问题，我会找到它，把它带回来的。"

第二天早上，大哥骑上马就出发了。过了一会儿，他遇到了一个隐士，他问这个隐士去哪里能找到能唱歌的苹果，隐士说自己帮不上他的忙，让他去找一个年长的隐士。当第二个隐士得知他想要去哪里时说："要得到能歌唱的苹果不是一件容易的事，你得爬上那座山，小心那里的巨人、门和狮子，进入一扇小门后，你会发现一把剪子。如果剪子是打开的，你就进去；如果它是合上的，就不要冒险。"

大哥按照隐士的话，找到了那扇门，进去后，发现剪子是打开的，于是他走进一个房间，看到了一棵神奇的树，树上结了一个苹果。他爬上去，想把苹果摘下来，但树一直摇晃，他只好等着，直到它停止摇晃，他一手抓住树枝，一手摘下了苹果。他拿上苹果安全地离开了宫殿，骑上马就回家了。

姨妈们一连几天都没听到大哥回来的消息，高兴得不得了，觉得这次大哥肯定是回不来了。但她们的希望再次落空，大哥不仅平安归来，还给女孩带来了能唱歌的苹果。姨妈们不肯罢休，她们又召来保姆商量对策。于是保姆又趁着女孩单独在家时假意看望她。

保姆对女孩说："会跳舞的水和能唱歌的苹果果然神奇！但如果你看到'会说话的鸟'，就会觉得这些也没什么了。"

"这样的话，"女孩说，"我就问问我的哥哥能不能帮我弄到它。"

当大哥回来的时候，妹妹向大哥要那只会说话的鸟，大哥也像前两次一样答应为妹妹去找它。大哥又上路了，在路上，他遇到一个隐士，又一个隐士，直到最后一个隐士告诉大哥说："你得爬上那座山，进入一个宫殿，在遇到许多雕像之后，你会来到一个花园，花园中间有一个喷泉，在喷泉的水池上就是会说话的鸟。如果这只鸟对你说话，你不要理它。直接从鸟的翅膀上摘下一根羽毛，把它在一个罐子里蘸一蘸——你会找到那个罐子的——然后涂在所有的雕像上。只要你多加小心，就不会有事。"

大哥对通往那座山的路很熟悉，很快就到达了宫殿。他找到了雕像、花园、喷泉，还有那只会说话的鸟。那只鸟一看到大哥就叫了起来："年轻人，你是来找我的吗？怎么，你不？我会让你开口的。知道吗，你母亲的姐姐们，在你们三个刚出生的时候，串通保姆，用三只小狗替换了你们，为此你们的母亲已经被送进了牢房。"

"什么？我们的母亲被送进了牢房？"大哥下意识地脱口而出，话音刚落，他就像其他人一样变成了一尊雕像。

在家里的女孩发现戒指变了颜色。"不好！"女孩惊呼。赶快让她的二哥去找大哥，自己则留在家里继续观察戒指的颜色。

而在二哥身上发生了和大哥一样的事：他遇到了三个隐士，并接受了同样的指示，很快就到达了宫殿，发现了有雕像的花园、喷泉和一只会说话的鸟。

姨妈们发现大哥和二哥一直没有回家，她们高兴极了，觉得终于除掉了这两个男孩。

会说话的鸟看见二哥出现在园中，就对他说："你们的大哥被变成了雕像，你们的母亲被送进了牢房。"

"啊？我们的母亲被送进了牢房！"瞬间他也被变成了一尊雕像。

这时，女孩发现戒指已经变成了黑色，这代表大哥和二哥都遇到危险了。这次轮到她出发救哥哥们了，她换上了骑士的衣服就出发了。

女孩在途中也遇到了三个隐士，得到了他们的指引，尤其是第三个隐士警告了妹妹千万不能和鸟说话。女孩记住了忠告，继续上路，最后她安全地到达了花园。

那只鸟看到她时惊呼道："啊！你怎么敢来这里的？瞧瞧旁边的那两座雕像，很快你也要和他们一样了。告诉你吧，你们的父王在战场上，你们的母亲在牢房里，你们的姨妈们在王宫里欢呼雀跃。"女孩没有回答，而是让鸟继续唱。

当这只鸟精疲力尽，无话可说时，它飞了下来，女孩一下子抓住了它，从它的翅膀上拔下一根羽毛，把它在找到的罐子里蘸了蘸，涂在哥哥们的鼻子上，他们立刻活了过来。然后女孩用同样的办法将其他所有的雕像都恢复成了他们原本的样子。当他们都复活后，宫殿消失了，隐士们也消失了。而这三个隐士其实就是当初的三个仙女。

兄妹三人带着会说话的鸟回到了家。他们在到家的第二天，就请来一个金匠做了一条金链子，把这只会说话的鸟拴了起来。

姨妈们从王宫向外看，她们透过窗子看到了对面宫殿里有会跳舞的水、能唱歌的苹果和会说话的鸟。"嗯，"她们平静地说，"真正的麻烦来了。"

这只会说话的鸟指示兄弟俩买一辆比国王的马车还要精良的马车，再雇来二十四个随从，又召来厨师和仆人打理他们的生活，总之，一切的一切都比国王的好得多。当姨妈们看到这些东西时，生气极了。

国王终于从战场上回来了，大臣们将宫内诸事向国王一一汇报，却唯独不提国王的妻子和孩子们。一日，国王从窗户向外看，看到对面有一座富丽堂皇的宫殿。

他问随从："什么人住在那里？"

但没有人能够回答他。

国王走近看了看，他先是看到了兄弟俩，他们手里拿着苹果，后又看了女孩，她的额头上有一颗星星。

"天哪！我的妻子生的不是三只小狗，不不，或者说，那就是我的三个孩子！"国王惊叹道。但国王仍不敢轻举妄动。

又一天，国王来到那座富丽堂皇的宫殿，他站在窗前，欣赏着会跳舞的水和能唱歌的苹果，但唯独那只会说话的鸟一直不说话。在国王欣赏完所有的舞蹈和音乐后，鸟突然开口说："陛下以为如何？"国王听到鸟说话后感到很惊讶，回答说："如何？简直是太奇妙了。""还有更奇妙的事呢，"鸟说，"你等等。"然后，鸟让它的女主人叫来她的哥哥们，说道："今日国王大驾光临，我们邀请他周日来与我们一起共进晚餐吧。""好，好。"兄妹三人连声说。

周日，会说话的鸟准备了盛大的晚餐。国王也准时来了，当他看到兄妹三人时，他拍了拍手说："尽管一切都难以置信，但我确定他们就是我的孩子们。"接着，他参观了宫殿，对宫殿的精美感到惊讶。然后在他们享用晚餐的时候，国王说："鸟儿啊，每个人都在说话，只有你一个沉默不语。""啊！陛下，因为我病了，等到下个周日我好起来时就能说话了，到时候，我还会和这位女士及这两位先生一起到您的宫殿与您共进晚餐。"

又是一个周日，会说话的鸟让女孩和她的哥哥们穿上他们最好的衣服一起前去赴宴了。国王带他们参观了他的宫殿，并以最隆重的仪式招待他们。姨妈们快被吓死了。

他们在餐桌前坐下后，国王说："来吧，鸟儿，你答应过我要说话的，你有什么要说的吗？"鸟儿便原原本本地讲述了过去发生的一切，又接着说："他们就是你的孩子们，而你的妻子被送进了牢房，快被折磨死了。"当国王听到这一切，立刻上前抱住他的孩子们，赶快派人去找他可怜的妻子，又召来他妻子的姐姐们和保姆，然后说："鸟儿啊，你已经告诉了我一切，现在请你宣判她们的罪孽吧。"鸟儿直接将保姆扔出窗外，将姐姐们扔进了沸腾的大锅里。

国王一遍又一遍地拥抱着他的妻子和孩子们，之后，他们一直幸福地生活在一起。

猎人、蛇和狐狸

很久以前，有个猎人，他经过一个采石场时，发现一条奄奄一息的蛇被困在了大石头底下。

蛇请求猎人救救他，猎人很警觉，问道："我要是救了你，你出来后会把我吃掉吗？"

蛇说："我不会吃掉你的，求求你，救救我吧。"

于是猎人把蛇救了出来。

蛇马上就露出了真面目，他面露凶光，鬼鬼祟祟地朝猎人爬来。

还好猎人及时发现，质问蛇："你要干什么？你不是答应过我不会吃掉我的吗？"

蛇满不在乎地说："在濒临死亡的情况下，我当然什么都能答应你了。"

猎人很生气，说："我真不该救了你，我们去找别人评评理吧。如果别人也觉得你没道理，你还会吃掉我吗？"

"那样的话，我肯定不会吃掉你的。"蛇回答。

"那你跟我去树林里吧，"猎人说，"我们找三个人问问。"

他们走进了树林，遇到了一只灰狗，猎人向灰狗描述了事情的经过，还让他帮忙评评理，蛇应不应该吃掉自己。

灰狗对猎人说："我年轻的时候给主人抓了很多野兔，可是主人从没奖赏过我什么。现在我老了，别说野兔，连乌龟都跑不过了。主人觉得我没用了，要杀了我。善有善报，恶有恶报，人类都很坏，所以我觉得你应该被蛇吃掉。"

猎人听后有些失落，蛇却很得意："你看，灰狗多公正！"

他们继续在树林里走着，遇到了一匹马，猎人又向马描述了事情的经过，还问他，蛇应不应该吃掉自己的救命恩人。

马对猎人说："我年轻的时候，身强体壮，能驮着主人去很远很远的地方，那个时候，他好吃好喝的待我。可是现在我老了，走不了多远，更干不了太多体力活了，他就想勒死我。人类都是一样的坏，我觉得蛇应该吃掉你。"

听了马的话，猎人显然非常不开心，蛇更加得意了："看啊，如此公正的法官。"

他们继续在树林里走着，又遇到了一只狐狸。

猎人悄悄把狐狸拉到一边，说："狐狸，狐狸，你得帮帮我。"

狐狸说："什么事呀？说来听听，我可是非常公平和正义的。"

猎人向狐狸描述了事情的经过，并询问他，蛇应不应该吃掉自己。

狐狸听后对猎人和蛇说："公平起见，我们还是回到事发地看看吧。"

猎人和蛇同意了，带着狐狸回到了采石场。

狐狸提议："能再现一下当时的情景吗？这样才不会影响我的判断。"

于是猎人抬起了石头，蛇则乖乖地躺到了石头下面。

这时狐狸问蛇："当时你就是这样被困在石头下的吗？"

"是的，"蛇回答，"当时我差点就断了气。"

狐狸接着说："好心的猎人救了你，你还想吃掉他？你就永远待在这里吧！"

这样，充满正义感的狐狸帮助了好心的猎人，惩罚了不知恩图报的蛇。

豆子国王

很久以前，有一个老人，他有三个女儿。

有一天，他的小女儿把他叫到房间，请求他去找豆子国王，想让豆子国王娶她为妻。

老人说："你让我去找他，可是我从来没去过那里，我该怎么去呢？"

"没关系，总会有办法找到的。"她说，"你就答应我吧，快去找豆子国王。"

老人没办法，只好上路了，他逢人便问豆子国王住在哪里，人们告诉他豆子国王住的宫殿的方向。

他顺利来到宫殿，见到了豆子国王。

他对豆子国王说："尊敬的陛下，我很荣幸见到您。"

豆子国王说："不必客气，我能为您做什么？"

然后老人便告诉豆子国王，自己的小女儿爱上了他，想要嫁给他。

豆子国王说："我从来没见过您的小女儿，您的小女儿也从来没见过我，她怎么会爱上我呢？"

老人说："她每天以泪洗面，非常想嫁给您。"

豆子国王继续说："这里有一块白手帕，您拿回去，让您的女儿用它擦眼泪吧。"

老人把白手帕带了回去，并把豆子国王的话转告小女儿。

小女儿说："好吧，几天后你再去宫殿，告诉豆子国王，如果他不娶我，我就不活了。"

老人不得已又去见了豆子国王，说："尊敬的陛下，您恩德无量，请您娶了我的小女儿吧。如果您不娶她，她就不想活了。"

豆子国王说："您看我这儿有多少幅献上来的画像，画上的姑娘有多漂亮，但还是没有一个能入得了我的眼。"

老人说："可是我的女儿说，如果您不娶她，她会结束自己的生命的。"

豆子国王给了老人一把刀和一根绳子，说："如果她想自刎，就用这把刀；如果她想上吊，就用这根绳子。"

老人把豆子国王的话告诉了小女儿，小女儿让父亲再去找豆子国王，还让父亲待在那里直到豆子国王答应娶她为止。

老人又来到了宫殿，跪在豆子国王面前请求道："请您帮帮我，娶了我的小女儿吧。请不要再拒绝了，否则她真的活不成了。"

豆子国王说："起来吧，我答应您。您不远万里多次长途跋涉来到我这里，我被您打动了。不过请您听好，让您的小女儿准备三个容器：一个里面装牛奶和水，一个里面只装牛奶，还有一个里面装玫瑰水。这里有一颗豆子，当她想和我谈心时，您让她走到阳台，打开豆子，我就会出现了。"

老人满心欢喜地回家了，告诉小女儿豆子国王答应娶她了，但是她要准备好三个容器。小女儿照做了，然后她走到阳台，打开了豆子，突然，她发现有什么东西正从远处向她飞来。

那不是别人，正是豆子国王。他飞进了阳台，首先他进入装有水和牛奶的容器里洗浴，然后又匆匆进入装有牛奶的容器里，最后进入装有玫瑰水的容器里。

这时，豆子国王变成了一个英俊的少年，他们对彼此表达了爱意，又谈了好久的心，然后他向小女儿道了晚安，飞走了。

一段时间后，姐姐们看到小妹总是把自己关在房间里。

大姐问："为什么她总把自己关在房间里？"

二姐回答：“她在和豆子国王谈心呢。”

大姐嫉妒小妹有豆子国王的陪伴，说：“等她出门，我们就去她的房间，看看房间里到底有什么。”

一天，小妹锁好自己的房间出门了。姐姐们破门而入，看到了豆子国王洗浴的三个容器。

大姐说：“我们去商店买一些碎玻璃，在三个容器里都放上一点儿，豆子国王在里面洗浴的时候，碎玻璃就会割伤他。”

姐姐们做完这件坏事后，把小妹的房间恢复了原样，就离开了。

小女儿回来了，她赶快回到了自己的房间，因为她很想和豆子国王谈心。

于是她来到阳台，打开豆子，豆子国王从远处飞来了，张开双臂想要拥抱她。

豆子国王飞到了阳台，飞进了装有牛奶和水的容器，被碎玻璃割伤了身体，然后他飞进装有牛奶和玫瑰水的容器，又被碎玻璃划得遍体鳞伤。豆子国王从玫瑰水里飞了出来，逃走了。

小女儿急忙跑到阳台，看到他飞走的路线上有一道道血痕，她又看了看那些容器，发现里面全是血，她哭了起来：“我被陷害了！我被陷害了！豆子国王受伤了，他走了！”

小女儿告诉父亲，自己被姐姐们陷害了，豆子国王受伤了，她要离开这里，去寻找治愈豆子国王的办法。

小女儿告别父亲后就出发了，不久她就走进了森林里。她发现在离自己不远的地方有一个小房子，她走了过去，敲了敲门，一个声音从里面传来："你是真诚地来这里寻求帮助的吗？"

她回答："是的。"

然后门开了，她看到一个隐士。

隐士说："你怎么会来到这里？一会儿三个女巫回来，她们可能会对你施咒的。"

小女儿说："我在寻找治愈豆子国王的办法，他受伤了。"

隐士说："我对他一无所知。你先爬上那棵树吧，女巫们就要来了，没准儿你会从她们那儿知道一些东西。如果你以后想要什么，就来找我，我也许会帮上你的忙。"

小女儿听话地爬上了树，她听到"我们来了！我们来了！"的声音。女巫们边跑边叫。她们在森林中找了一片空地坐了下来。

"她来了！"另一个女巫说，"你跑到哪里去了！"

瘸腿女巫说："等一下，我再告诉你们我去哪儿了，我得先摇一摇这棵树，看看里面有没有藏人。"

小女儿紧紧抓住树干，拼了命地不让自己掉下去。

瘸腿女巫说："你们知道吗？豆子国王的生命只剩两个小时了。"

一个女巫问："豆子国王怎么了？"

瘸腿女巫回答："他有一个心爱的女孩，听说这个女孩在三个容器里放了一些碎玻璃，他洗浴的时候被碎玻璃划伤了。"

另一个女巫问："难道没有什么办法能治好他吗？"

瘸腿女巫说："办法倒是有，不过很难办到。就是我们当中的一个人必须死，然后把这个人的血放入一个水壶里，再混合上森林里一只鸽子的血。然后把这些血加热，用这些血涂抹豆子国王的身体。还有一件事必须要做，在那块石头下面有一瓶水，移开石头，把它取出来，把一整瓶水都倒在豆子国王身上，冲掉豆子国王身上的玻璃碴，五分钟后他就会痊愈了。"

然后女巫们开始吃吃喝喝，醉的醉，睡的睡，全都倒在地上了。

小女儿看到她们睡着了，就悄悄地从树上爬下来，敲了敲隐士的门，告诉他女巫们说的话，并向隐士要了一个水壶和一把刀。然后，隐士把这些东西给了她，还帮她抓了一只鸽子。她把鸽子杀了，放了血，把血装在水壶里。

小女儿实在不忍心杀掉任何一个女巫，但是她要想救活豆子国王就必须这么做，于是在隐士的帮助下，她杀了那个瘸腿女巫，并把她的血放在水壶里。之后，她抬起石头，找到那瓶水。她又穿上隐士给她的医生的衣服，然后她就出发去豆子国王的宫殿。

到了宫殿，她请求宫殿守卫放她进去，她说她要去治好豆子国王的伤。守卫起初拒绝，但看到她如此坚持，就让她进来了。

豆子国王的母亲走到小女儿面前，说："尊敬的医生，如果你能治好我的儿子，他的王位可以让给你。"

小女儿说："我走了那么远的路，就是为了医好豆子国王的，我会治好他的。"

小女儿来到厨房，把水壶里面的血放在火上煮沸，之后便来到豆子国王的房间。

豆子国王的生命只剩几分钟了，小女儿迅速用血涂抹他的全身，然后把瓶子里的水全部倒在他的身上。碎玻璃从他的身体里出来了，五分钟后，豆子国王康复了。

豆子国王说："尊敬的医生，这是我的王冠。现在它是你的了。"

小女儿说："陛下，我不要您的王冠，不过您是怎么受伤的呢？"

豆子国王说："全都因为那个女孩。我去找她，她在为我准备的三个容器里面放了碎玻璃，所以洗浴的时候，我被划伤了。"

小女儿说："你确定这事是她做的吗？你确定不是别人吗？"

"我确定，"豆子国王说，"因为没有人进过她的房间。"

"如果她现在就在你的面前，"小女儿接着问，"你接下来会怎么做呢？"

"我会杀了她。"豆子国王说。

"你是对的，"小女儿说，"如果真是她做的，她只配死。"

小女儿说完就要离开，但豆子国王的母亲说："你救了我儿子的命，你留下吧。我一定会履行我对你的承诺，把王冠给你。"

"我只想要一件东西。"小女儿说。

"说吧，尊敬的医生，你想要什么尽管说。"豆子国王的母亲说。

"我希望国王在我的一只手上写上我的姓名，另一只手上写上他的姓名。"小女儿说。

国王照做了，小女儿说："我得走了，我还要去拜访其他人，稍后我就回来。"

打扮成医生的小女儿回到了自己的家里，扔掉了三个容器里的水和牛奶，换上了新的水、牛奶和玫瑰水。然后她走到阳台上，打开豆子，等待豆子国王的到来。

豆子国王来了，却是带着一把匕首来的。当小女儿看到豆子国王举起匕首时，她摊开双手。豆子国王看到了他亲手写的他和她的名字，他扔掉了匕首，原来治好自己的人就是眼前人。

豆子国王飞进了三个容器里洗浴，而后，那个英俊的少年又出现了，他抱住她，说："你带给我的伤害是真的，让我重获新生也是真的。"

小女儿说："我没有伤害你，我被姐姐们陷害了，那些事情是她们做的。"

"我错怪你了，"豆子国王说，"我们不要再分开了，我们回到宫殿结婚吧。"

于是，小女儿跟随豆子国王来到宫殿，并向豆子国王的父母讲述了一切，还向他们展示了手上的名字。豆子国王的父母接纳了她，为小女儿和豆子国王举行了盛大的婚礼，从此他们一直这样幸福地生活着。

[美国] 托马斯·弗雷德里克·克兰著，吕思航译，选用时有改动。

German

德国

Folk Tales

民间故事

十二位跳舞的公主

从前有一位国王，他有十二位美丽的女儿。她们亲密无间，无论做什么都在一起。晚上也在同一个房间里睡觉，就睡在她们的十二张小床上。

不知从何时开始，奇怪的事发生了。她们明明锁了门睡觉，第二天早上，仆人却发现她们的鞋子都磨破了，好像她们跳了一整晚的舞似的。可是没有人知道公主们夜里是怎么离开房间的，更不知道她们去了哪儿。

于是，国王向全国宣布，如果有人能查清此事，找出公主们夜里跳舞的地方，他便可以迎娶自己最心仪的一位公主，并在日后继承自己的王位。不过，三天三夜是期限，时间一过，此事若还未查清，无论是谁都要被处以死刑。

邻国的一位王子闻讯赶来。国王热情地招待了他。晚上还将他安排在公主们隔壁的房间休息。王子想知道公主们晚上到底去了哪儿，便把房门打开，直直地盯着公主的房间，生怕漏掉一点儿声响。可是他没一会儿就睡着了。等到第二天再次醒来时，他发现公主们又外出跳舞了，因为她们的鞋底都磨出了很多的洞。接下来的第二天、第三天都发生了同样的事。王子没有在三天三夜的期限内搞清楚究竟发生了什么，所以国王下令处死了他。在他之后又来了几个人，但他们也无法解开这个谜题，所以他们也都丢掉了性命。

恰好有一位退伍的士兵路过这里，他在战场上受了伤，再也无法重回战场了。他穿过一片树林，遇到了一位老妇人，她问他要去哪里。

"我不知道我要去哪里，也不知道要干什么，"士兵回答，"不如我也去试着找找公主们跳舞的地方吧，没准我将来能成为国王呢。"

"可以啊，"老妇人说，"其实这很容易，只要晚上你不喝公主给你倒的酒就好了，她一离开，你就装作睡着了。"

随后老妇人递给了他一件斗篷，说："穿上它你就会变成隐形人，然后你就能跟着公主们去任何地方了。"

听了老妇人的话后，士兵决定去试试自己的运气。于是他找到国王，说他愿意去完成这个任务。

他和其他人一样受到了热情的款待，国王命令仆人给他换上精美的王袍。白天，他享受着王宫里美好的一切，夜幕降临了，他便被带到了公主隔壁的房间休息。他刚要躺下，大公主给他端来了一杯酒，不过他一滴都没喝，小心翼翼地把酒都偷偷倒了。然后他就躺在床上，开始装模作样地大声打起呼噜来，装成已经睡熟了的样子。

十二位公主听到呼噜声，都开心地笑了起来。大公主说："这个家伙本可以不这样丢掉小命的！"

说罢，她们便起身，打开了眼前的抽屉和箱子，取出华丽精美的衣服。换好衣服的公主们都忍不住在镜子前扭动身体、摆动裙摆，迫不及待地要开启今晚的舞蹈之旅了。但小公主却说："我不知道为什么感到一阵不安，我总觉得这个家伙有点不对劲。"

"别傻了，"大公主说，"你总是担惊受怕，你难道忘了已经有多少王子白白地丢掉性命了吗？他嘛，就算我不给他喝安眠药，他肯定也睡得死死的。"

一切都准备就绪了，公主们又去看了一眼那个士兵。看到他鼾声如雷，动都不动一下，公主们就彻底地放心了。大公主走向自己的床，拍了拍手，床就降到了地板之下，同时一个暗门缓缓打开。士兵亲眼看到她们跟在大公主身后一个接一个地走进了暗门里。他察觉到自己没有时间可以耽误了，就赶紧从床上跳起，披上老妇人给他的隐身斗篷，紧随她们身后。但是在下楼的过程中，他不小心踩到了小公主的长袍，察觉到不对的小公主立马对姐妹们喊道：

"不对，有人抓住了我的长袍！肯定有人跟着我们！"

大公主说："不过是被墙上的一颗钉子刮到而已。"然后她们接着往下走。

她们来到了一片宜人的树林，树木枝头上长满了银光闪闪的叶片，耀眼非凡，炫彩夺目。

士兵想带一些东西作为证据，于是他折下了一根小树枝。但是折断树枝发出的清脆声响被小公主听了去，她怀疑地说：

"就是不对劲，这一切都不对劲，你没有听到那声响吗？以前可从未发生过这样的事。"

但大公主却说："那只是王子们为我们的到来而发出的欢呼声罢了。"

然后她们去了另一片树林，那里的树叶都是金灿灿的；之后又来到第三片树林，而这片树林的树叶都是闪耀的钻石。士兵每折一次树枝都会发出很大的声响，吓得听到声音的小公主瑟瑟发抖。但大公主却一直坚持自己的观点，说那只是王子们的欢呼声。

于是她们继续前进，最终来到了一个湖边，湖边停靠着十二条小船，船上坐着十二位英俊的王子，似乎一直在等待着公主们的到来。

公主们依次上船，士兵则和最小的公主一起上了同一条船。他们在湖面上划行，与小公主和士兵同船的王子说：

"不知道为什么，我明明已经全力划船了，但速度却不如往常快，而且我感觉今天的船特别的沉。"

"是天气太热了吧，"小公主说，"我也觉得很热。"

　　湖的另一边矗立着一座灯火通明的城堡，里面传来阵阵欢快的歌舞声。他们走进城堡，开始跳舞。王子和他们的公主翩翩起舞。一直隐身的士兵也随着他们舞动起来。只要有公主把酒杯放在他的身旁，他就会把杯中的酒喝光。小公主把杯子放到嘴边，正准备小酌一口的时候，却惊讶地发现杯子竟是空的。这可把她吓坏了，她害怕极了，但大公主却不耐烦了，一次又一次让她闭嘴。他们一直跳到了凌晨三点，公主们的鞋子都被磨破了，所以她们不得不就此离开。王子们就又带着她们划船回去（但这次士兵和大公主坐在一起），小船靠了岸，他们依依惜别，公主们答应王子们第二天晚上还会赴约。

在返回途中，士兵赶忙跑到公主前面，抢在她们回来之前躺回了自己的床上。跳了一整晚舞的公主们都累极了，慢慢地从楼梯走回自己的房间，她们听到士兵房间传来的呼噜声，不由得松了口气："一切都万无一失。"

然后她们换下了精美华丽的衣服，又脱掉了鞋子，像什么都没有发生似的回自己床上睡觉了。但是第二天早上，士兵却没有揭发前一夜发生的事，因为他决定再观察几次，于是他第二天、第三天又跟去了。每天都跟第一天一样，公主跳到鞋子磨破了才回家。第三天晚上，士兵拿走了一个金杯作为证据。

三天三夜一过，就到了士兵要解开公主秘密的时候。他拿着三根树枝和金杯来到了国王面前，这时十二位公主正站在门后听着。国王问他："我的十二个女儿晚上都在哪里跳舞？"他回答："公主们是和十二位王子在地下的城堡里跳的舞。"随后他便把地下发生的一切都告诉了国王，还把他带来的三根树枝和金杯拿给国王看。听到这些话后，国王把公主们叫来，问她们士兵说的是否属实。公主们察觉到眼下否认也没有用了，便承认了这一切。

国王命人把通往地下的通道封了起来，还问士兵想要迎娶哪位公主。士兵回答说："我的年纪也挺大了，大公主正合适。"就这样，他们结为了夫妻，士兵后来也成功地当上了国王。

渔夫和他的妻子

从前有一位渔夫，他和妻子住在海边的一个猪圈里。平日里，渔夫都会外出捕鱼，一去就是一整天。有一天，他像往常一样握着鱼竿坐在岸边，盯着泛起涟漪的海面，时刻关注着投入水中的鱼线，突然，他的浮标被深深地拖进了水面之下，他立马把鱼线收起，惊讶地发现自己竟钓起了一条大鱼。但那条鱼一见到他便哀求起来：

"求求你不要杀了我！我并不是一条真正的鱼，我只是一个被施了魔法的王子，把我放回水里吧，让我走吧！"

"哦，嗬！"渔夫说，"你不用和我解释这么多，我也不会对一条会说话的鱼做什么的。所以，先生，您愿意的话，就请游走吧！"然后他就把它放回了海里，那条鱼便一头扎进海底，身后泛起阵阵带有长长血痕的波纹。

后来，渔夫回到猪圈，和他的妻子讲述自己是如何钓到一条大鱼、它是如何告诉他它是一个被施了魔法的王子的，还有在听到它说的话后，他是如何把它放走了的。

妻子说："你没有向它要什么东西吗？我们多可怜啊，住在这样脏兮兮的猪圈里，你快回去告诉这条神鱼，我们想要一间舒适的小屋。"

渔夫不太乐意做这件事，但他还是去了海边。当他再次回到那里时，竟发现海水泛着黄绿色。他就站在海边，喊道：

"海洋之子啊！

请听我说！

我的妻子伊尔莎比尔，

有她的心愿，

让我来祈求你的恩赐！"

这时，神鱼游到他身边，问道：

"她的愿望是什么呢？她想要什么？"

"啊！"渔夫说，"她说我钓到你的时候，就应该向你索要些东西。她不想再住在猪圈里了，她想要一间舒适的小屋子。"

"回去吧，"神鱼说，"她已经在她想要的小屋里了！"于是渔夫就回家了，他看到妻子正站在一间漂亮的小屋子前。

"快来！快进来！"她激动地喊，"这不比我们脏兮兮的猪圈好多了吗？这里有一间客厅、一间寝室、一间厨房；小屋后面有一个种着各色鲜花和水果的小花园；再后面还有一个院子呢，里面养满了鸡鸭！"

"哇！"渔夫说，"我们现在的生活真是太幸福了！"

"我们肯定会让自己越来越幸福的。"妻子说。

之后的一两个星期都过得称心如意，但伊尔莎比尔夫人却开始抱怨：

"亲爱的，这间屋子都没有我们住的地方了，院子和花园都太小了，我想住在一座大的石头城堡里。你再去找那条神鱼，让他给我们一座城堡。"

"亲爱的，"渔夫说，"我不想再去找他了，这可能会惹他生气；我们应该知足地住在这间精致的小屋里。"

"胡说！"妻子呵斥他，"我知道他肯定非常愿意帮我们，快去吧，再试试看！"

渔夫又去了，但这次他的心情却很沉重。他来到海岸边，海面一片平静，看起来蓝幽幽的，还带着一丝阴沉。他走到海浪的边上，喊道：

"海洋之子啊！

请听我说！

我的妻子伊尔莎比尔，

有她的心愿，

让我来祈求你的恩赐！"

"她这次想要什么？"神鱼问道。

"唉！"渔夫闷闷地说，"我的妻子想住在石头城堡里。"

"回去吧，"神鱼说，"她已经站在城堡的门口了。"于是渔夫回家了，他发现妻子正站在一座大城堡的门前。

"看，"她说，"这不是很好吗？"

他们一起走进城堡，发现有许多仆人正在等候，房间也是富丽堂皇的，摆满了金子做的桌椅；城堡后面是一个花园；而花园的周围还有一个半英里长的公园，里面养着绵羊、山羊、野兔，还有小鹿；他们的院子里还配有马厩和牛棚。

"真好，"渔夫说，"我们就在这座美丽的城堡里愉快地生活一辈子吧。"

"也许可以呢，"妻子说，"但在我们下定决心之前，让我们先睡上一觉。"随后他们就一同入眠了。等伊尔莎比尔夫人再次醒来时，已经是第二天正午了，她用手肘推了推渔夫，说：

"亲爱的，快醒醒，振奋起来，我们必须统领这片土地。"

"亲爱的，亲爱的，"渔夫不解地问，"我们为什么要统领这片土地呢？我不想。"

"但是我想。我不管，我要成为宰相。"她答道。

"可是亲爱的，"渔夫疑惑地说，"你怎么能变成宰相呢？神鱼不能让你当宰相的。"

"亲爱的，"她说，"别说那么多了，快去试试！我就要成为宰相了。"

想到妻子竟有这样的想法，渔夫不由得心生悲哀，愁容满面地回到了海岸边。这一次，大海看起来是深邃的灰色，随着他的呼喊，海岸卷起阵阵波涛，翻涌起泡沫：

"海洋之子啊！

请听我说！

我的妻子伊尔莎比尔，

有她的心愿，

让我来祈求你的恩赐！"

"她想要什么？"神鱼问。

"唉！"可怜的渔夫说，"我的妻子想当宰相。"

"回去吧，"神鱼说，"她现在已经是宰相了。"

随后渔夫回到家看到了一座宫殿。他刚刚走到宫殿附近，就看到一队士兵，还听到了鼓声和号角声。他走进宫殿，看见妻子正坐在镶嵌有黄金和钻石的宝座上，头上还戴着金冠；她的两侧分别站着六位面容姣好的少女，每位都比旁边一位高出一个头。渔夫说：

"亲爱的，你现在是宰相了吗？"

"是的，"她答道，"我正是宰相。"

他盯着她看了很久，说："啊，亲爱的！成为宰相是多么美妙的一件事啊！我们就这样好好生活吧，不要再有其他的愿望了。"

"我不知道这是怎么回事，"她说，"我现在正是一位宰相，但是不用太久，我就已经开始厌倦了，我觉得我应该做王后。"

"唉，亲爱的！你为什么想要当王后呢？"渔夫问。

"亲爱的，"她说，"去找神鱼吧！我想当王后。"

"啊，亲爱的！渔夫回答说，"我敢肯定神鱼不能帮你做王后，而且我也不想要求他做这种事。"

"我可以命令你，"伊尔莎比尔严肃地说，"而你只是我的奴隶，所以我命令你马上去！"

于是渔夫被迫去了海边。他一边走一边嘀咕：

"这要求太过分了，肯定落不得什么好下场，神鱼也肯定会累死，到时候我们就会为自己的所作所为后悔不已的。"

他很快就到了海边，海水变得一片漆黑，浑浊不堪，一阵猛烈的旋风吹过海面，搅得海浪翻滚、沸腾，但他还是尽可能地靠近水边，喊道：

"海洋之子啊！

请听我说！

我的妻子伊尔莎比尔，

有她的心愿，

让我来祈求你的恩赐！"

"她现在想要什么？"神鱼问。

"唉！"渔夫说，"她想当王后。"

"回去吧，"神鱼说，"她已经是王后了。"

他再一次回到了家中。走近一看，他看见妻子伊尔莎比尔坐在一个壮观的纯金宝座上，头戴一顶巨大的王冠，它足足有两米高；她的身侧站着她的卫士和随从，每一位都比身旁的一位矮小一些，从最高的巨人一直排到一位还没有手指大的小矮人；她的面前站着王子、公爵和伯爵。渔夫走到她面前，问：

"亲爱的，你是王后吗？"

"是的，"她回答道，"我是王后。"

"啊！"渔夫凝视着她说，"当王后真是太好了！"

"亲爱的，"她说，"为什么要止于当王后呢？下一步我将成为国王。"

"我亲爱的妻子啊！"他说，"你怎么能当国王呢？"

"亲爱的，"她说，"我今天就会成为国王。"

"可是，"丈夫回答道，"神鱼没法帮你当上国王。"

"胡说八道！"她生气地说，"既然他可以帮我当上王后，那他就能帮我当上国王，快去试试。"

渔夫又来到了海边。但他抵达岸边时，狂风大作，海水在汹涌的波涛中上下翻腾，海面上的船只也身陷困境，在浪顶上摇晃、翻滚。空中仅有一小片蓝天，朝南的地方全是猩红一片，似乎一场可怕的风暴正要席卷而来。看到这一幕，渔夫害怕极了，身子止不住地颤抖，膝盖都磕在了一起，但是他还是走到了海边，喊道：

"海洋之子啊！

请听我说！

我的妻子伊尔莎比尔，

有她的心愿，

让我来祈求你的恩赐！"

"她这次想要什么？"神鱼问。

"唉！"渔夫回答，"我妻子想当国王。"

"回去吧，"神鱼说，"她已经是国王了。"

然后渔夫回家了，发现伊尔莎比尔正坐在一个两英里高的宝座上。她的头上戴着三顶华丽的皇冠，身旁站着所有的权贵。她的两侧各有两排点亮的灯，大小不一，最大的有世界上最高大的塔那么大，最小的还没有一个小手电筒大。

"亲爱的，"渔夫看着他眼前的盛况说，"你是国王吗？"

"是的，"她回答道，"我现在是国王了。"

“亲爱的，”他说，“当国王是件了不起的事，你就知足吧，毕竟你不可能再有更大的作为了。”

“我会考虑的。”妻子说。

然后他们就去睡觉了，但伊尔莎比尔夫人整夜都睡不着，因为她脑海里一直在想她接下来应该成为什么。最后，在她快要睡着的时候，天亮了，太阳升起来了。

"啊！"她睁开眼，透过窗户看着它，心里琢磨："我还不能阻止太阳升起呢。"想到这里，她就非常生气，于是她叫醒丈夫，命令他：

"亲爱的，你去找神鱼，告诉他我必须成为太阳和月亮之神。"渔夫还在半梦半醒之间，迷迷糊糊的，但妻子的这个想法吓了他一跳，他直接从床上摔了下来。

"唉，亲爱的！"他说，"你就不能安心地当你的国王吗？"

"不，"她答道，"太阳和月亮不经我同意就升起，这令我非常不安。你快去找神鱼吧！"

渔夫吓得浑身发抖，往海边走去。海边忽然卷起了可怕的风暴，树木和岩石都震颤起来。天上布满了黑蒙蒙的乌云，顷刻间电光闪闪、惊雷滚滚，海里巨大的黑浪像群山一样涌了过来，还戴着白沫做的冠冕。渔夫小心翼翼地走向大海，竭力大喊：

"海洋之子啊！

请听我说！

我的妻子伊尔莎比尔，

有她的心愿，

让我来祈求你的恩赐！"

"她这次想要什么？"神鱼问。

"唉！"渔夫回答说，"她想成为太阳和月亮之神。"

"回去吧，"神鱼说，"你们就回到最初的猪圈去吧。"

然后，他们就在猪圈里一直生活到了今天。

牧鹅姑娘

很久以前，一位国王去世了，留下了他的王后来照顾他们唯一的孩子。那是个美丽动人的小姑娘，王后非常喜欢她的女儿，对她宠爱有加。还有一位善良的仙女也很喜欢这位公主，她帮助王后一同照料公主长大。

公主出落成亭亭少女之时，她被许配给了一位住在远方的王子。距离她大婚的日子越来越近了，她便开始收拾行囊，准备踏上前往王子国家的旅程。为此，她的母亲给她准备了许多昂贵的嫁妆：珠宝、金子、银子、首饰、华贵的服装。总之，都是那些衬得上她皇室新娘身份的东西。王后为女儿配了一位侍女，让她与女儿一同骑马前往，嘱咐她要把自己的宝贝女儿交到新郎手中。侍女与公主各有一匹马，公主的这匹是仙女送给她的——它叫法拉达，可以和人交流。

当她们要出发时，仙女走进她的卧室，拿出一把小剪刀，剪下一绺头发交到公主手中，说：

"亲爱的孩子，好好保管这一绺头发，它有魔法，也许能在路上帮到你。"随后他们便与公主告别，公主把那绺头发揣进怀里，然后骑上马，踏上了前往新郎王国的旅程。

一天，她们骑马经过一条小溪，公主觉得有些口渴，就对侍女说：

"请你下去用我的金杯打点小溪里的水来，我想喝水。"

"我不下来，"侍女说，"你要是渴了，就自己下去，趴在水边喝，我不会再做你的侍女了。"公主口渴得厉害，所以她还是下来了，跪在小溪边喝起了水。她很害怕，根本不敢把她的金杯拿出来用，她难过地哀号：

"唉！我以后怎么办？"

那绺头发突然说话了，回答她说：

唉！唉！如果你的母亲知道了，

她会多么悲伤！多么痛苦！多么后悔啊！

但公主向来温润平和，她没有斥责侍女的行为，而是再次骑上了她的马匹，继续前行。

慢慢地天气越来越热，太阳光也变得滚烫无比，公主又开始感到口渴难耐。后来，他们经过一条小溪边时，她忘记了女仆的粗鲁无礼，又像上次一样说：

"请你下去用我的金杯打点水来，我想喝水。"但侍女却冷冷地回答她，甚至态度比之前更傲慢："你愿意喝就喝，但我不会听你差使。"

眼下公主非常口渴，于是她下了马，俯下身子，把头伸到潺潺的小溪里喝水，她哭喊着："我将会变成什么样啊？"

那绺头发又回答了她：

唉！唉！如果你的母亲知道了，

她会多么悲伤！多么痛苦！多么后悔啊！

当她俯身喝水时，那绺头发从她的怀里掉了下来，随水流漂走了。因为她心里紧张又害怕，所以她并没有注意到头发漂走了。可是她的侍女看见了，她兴奋极了，因为她知道这可是魔法之发，弄丢了头发的可怜公主就能在她的控制之下了。因此当公主喝完水，想再次骑上法拉达时，侍女就对她说："我来骑法拉达，你去骑我的马。"

于是公主不得不骑上了侍女的那匹马，没过多久，侍女又让她脱下华贵皇服，逼她换上了自己的破烂衣服。

渐渐地，她们的旅程接近了尾声。这时，这个背信弃义的侍女威胁公主说，如果她把发生的事情告诉了别人，就要把她杀掉。但法拉达见证了这一切，它把一切都记在了心里。

然后侍女骑上了法拉达，而真正的新娘骑上了另一匹马，她们就这样一直往前走，最后她们来到了皇宫。王子快步赶来迎接她们，他把侍女从马背上扶下，误以为眼前的女子就是即将要成为他妻子的人，侍女被带到楼上的皇家内厅，而真正的公主却被告知留在下面的院子里。

这时，百无聊赖的老国王正想寻点乐子，他就坐在厨房看着外面发生的一切。他注意到了院子里这个女孩。可是她是如此的美丽动人，怎么会有侍女如此娇嫩呢？于是他来到内厅询问新娘，她带来的人是谁，怎么就这样留在下面的院子里。

"我带她只是为了在路上有个伴儿而已，"她说，"请您安排一些活儿给她干吧。"

老国王思考了片刻，想不出有什么工作可以安排她去做，不过，最后他还是想到了，他说："有一个小伙子帮我牧鹅，她也许可以去帮忙。"就这样，真正的新娘就要和牧鹅小伙柯德肯一起照顾老国王的鹅了。

然而假新娘却对王子说："亲爱的丈夫，你能满足我的心愿，为我做一件事吗？"

"我当然愿意了。"王子回答。

"那你就找个屠夫，杀了我那匹马，它太不听话了，一路上净给我添麻烦。"

然而，事实是，她怕法拉达哪天突然说话，把一切真相都抖出来。所以她坚持这么做，忠诚的法拉达就被杀了。真正的公主听到这个消息时，悲恸欲绝，她哭着恳求屠夫，让他把法拉达的头颅钉在黑色的城门上，这样她每天早晚经过这里时还能看看他。屠夫同意了她的请求，于是他砍下了法拉达的头，把它钉在了城门上。

第二天清晨，公主和柯德肯从城门出去时，她忍不住悲伤地说道：

"法拉达，法拉达，你被挂在这里！"

法拉达突然说话了：

新娘子，新娘子，你从这里过去！

唉！唉！如果你的母亲知道了，

她会多么悲伤！多么痛苦！多么后悔啊！

公主和柯德肯赶着鹅出了城门。他们来到一片草地上，公主坐在河岸边，解开了她一头卷曲动人的秀发——它们都是纯银的，银发在阳光的照射下耀眼夺目，一下就吸引了柯德肯，他跑上前去，想拔下一两根，但这时公主却大喊起来：

"吹吧，风儿，吹吧！

吹走柯德肯的帽子！

吹吧，风儿，吹吧！

让他去追赶帽子吧！

吹过山丘、山谷和岩石，

卷着帽子飘然而去，

直到银色的秀发，

都被梳顺、打理好！"

瞬间，草地上就刮来了一阵猛烈的大风，把柯德肯的帽子吹走了，风儿把帽子吹过了山丘，他不得不转身追赶，等他捡到帽子回来时，公主已经梳顺、卷好了头发，又将它束了上去。想到自己没有机会拔银发的柯德肯非常生气，闷闷不乐的，一直黑着脸不和她说话。他们就这样看着鹅，等到夜幕降临，就把它们赶回了家。

第二天早晨，他们再次穿过黑色的城门，可怜的公主抬头看着法拉达的头，又哭了起来：

"法拉达，法拉达，你被挂在这里！"

法拉达回应着：

新娘子，新娘子，你从这里过去！

唉！唉！如果你的母亲知道了，

她会多么悲伤！多么痛苦！多么后悔啊！

然后她又赶着鹅来到了草地上，像之前那样坐在河边梳理头发。柯德肯再一次跑到她身边，想去拔她的银发，但是她立马喊了起来：

"吹吧，风儿，吹吧！

吹走柯德肯的帽子！

吹吧，风儿，吹吧！

让他去追赶帽子吧！

吹过山丘、山谷和岩石，

卷着帽子飘然而去，

直到银色的秀发，

都被梳顺、打理好！"

风儿应声而来，吹跑了他的帽子，帽子飞得很远，越过了山头，他不得不跑去追赶。当他回来的时候，公主又把头发束起来了，他又没法拔她的头发了。然后他们就这样看着鹅，一直到夜色渐浓。

晚上，他们回到城内后，柯德肯就去找老国王告状：

"我不能再和那个奇怪的女孩一起牧鹅了。"

"为什么？"老国王问道。"因为她什么也帮不上，还成天戏弄我。"柯德肯回答。

听到此话，老国王就让柯德肯告诉他发生了什么事。柯德肯说：

"每天早上我们赶着鹅群穿过黑色城门时，她就会哭着和挂城门的马头说话：

"法拉达，法拉达，你被挂在这里！"

法拉达就会回答道：

新娘子，新娘子，你从这里过去！

唉！唉！如果你的母亲知道了，

她会多么悲伤！多么痛苦！多么后悔啊！

柯德肯接着和老国王讲述了在鹅群觅食的草地上发生的事情：他的帽子是如何被吹走的，他又是如何被迫去追赶它，留下自己的鹅群的。但是老国王还是让柯德肯第二天与她一同出去。不过这次，老国王悄悄地躲在黑色城门后，听到了她是如何与法拉达说话，以及法拉达是如何回答的。随后他也跟着他们来到草地上，躲在了边上的灌木丛中。很快，他就亲眼看到他们是如何赶鹅的，过了一会儿，他又看到她是如何放下她那在阳光下闪烁着光芒的银发的。他听到她说：

"吹吧，风儿，吹吧！

吹走柯德肯的帽子！

吹吧，风儿，吹吧！

让他去追赶帽子吧！

吹过山丘、山谷和岩石，

卷着帽子飘然而去，

直到银色的秀发，

都被梳顺、打理好！"

随后，草地上就刮起了大风，把柯德肯的帽子卷走了。柯德肯赶忙去追自己的帽子，而女孩则继续梳理、卷好她的秀发。所有的一切都被老国王看到了，他神不知鬼不觉地回到了城里，没有被任何人看到。夜幕降临，牧鹅姑娘也回来了，老国王把她叫到一旁，问她为什么要这样做，公主突然哭了起来，委屈地说：

"我不能告诉你原因，也不能告诉任何人，不然我会被杀的。"

在老国王的一再要求下，公主把所有的故事从头到尾一字不漏地告诉了他，说出真相的她也安心了不少。不过，幸亏她这么做了，她把真相告诉老国王后，老国王就下令让她换上皇室的衣服。眼前的景象让他惊呆了——这个姑娘竟如此的美丽。老国王马上把儿子叫来，告诉他，他迎娶的是一位假新娘，她不过是个侍女罢了，真正的新娘是身旁这位牧鹅姑娘！年轻的国王看到了她秀丽的面庞，又听说她是多么的温和隐忍，瞬间欣喜万分。国王没有对假新娘说什么，但下令宴请所有的王室成员参与一场盛大的宴会。新郎坐在上首，真假公主分别坐在他的两侧，但是谁都没有认出牧鹅姑娘，她明艳动人，光彩四射，她的美貌令所有人倾倒，现在的她身着华丽彩服，璀璨夺目，一点也不像那个牧鹅姑娘了。

就在大家酒足饭饱、兴致盎然的时候，老国王说要给大家讲一个故事。于是他把公主的故事讲给了大家听，就像他当初听过的一样。他问真正的侍女，她认为应该怎样对待做出这种恶行的人。

"我有一个绝佳的法子，"假新娘说，"把她扔进一个钉满尖钉的桶里，再让两匹白马拖着木桶，从一条街拖到另一条街去，直到把她折磨死。"

"你就是这个要受折磨的人！"老国王说，"既然你已经想出了如何惩罚这种人的方法，那正好就用在你的身上！"

后来，年轻的国王与真正的新娘结婚了，他们统治着自己的国家，一生都无灾无难、幸福美满，善良的仙女来看望他们，她用魔法让忠诚的法拉达又活了过来。

青蛙王子

在一个晴朗的夜晚，一位年轻的公主独自来到树林里散步。路过一片池塘时，她有些累了，便坐下休息一会儿。她拿出一枚金球，将它抛向空中，然后又在落下时稳稳接住它——这就是公主无聊时最爱玩的小游戏。

但这一次，她把球扔得太高了，球掉下来的时候她没有接住。金球就一下子弹了出去，在地上越滚越远，最后"扑通"掉进了池塘里。公主使劲地探头向里面望，可池水深不见底，她根本找不到金球的踪迹。公主难过极了，悲伤地哭喊道：

"唉！要是有谁能帮我捡回金球就好了，我可以用我所有的珠宝首饰、漂亮衣服，甚至是我拥有的一切来报答他！"

就在她说话的时候，一只青蛙探出了水面，说：

"公主，你为何哭得如此伤心？"

"唉！"她说，"告诉你又有什么用呢？你能帮上什么忙呢？我最爱的金球掉进池塘里了！"

"我不需要你的珠宝首饰，也不要漂亮衣服。如果你喜欢我的话，就让我们成为朋友，让我和你一起用小金盘吃饭，一起睡在你软乎乎的小床上。你若是同意，我就帮你找回金球。"

"简直是胡说八道，"公主想，"他在说什么大话！他甚至都不能离开池塘！不过既然他说他能帮我找回金球，那姑且让他试试吧。"

于是她对青蛙说："好吧，如果你能帮我把金球找回来，那我就答应你的要求。"

听到这话，青蛙便一个翻身，深深地扎进了水中。没过一会儿，他就游回来了，这次嘴里还含着那枚金球，他把金球放在了岸边。看到自己的金球失而复得，公主高兴极了，赶忙跑去捡起它。但是眼下的欣喜占据了她的大脑，她早就把青蛙抛在了脑后，更没有想过要真的履行自己对青蛙许下的承诺，所以她拿上金球，头也不回地跑回家去了。

青蛙追着她喊道："公主，快停下，你要遵守你的诺言，把我也一起带回去。"

但她一句话也没听进去，还不停地继续往前跑。

第二天，公主吃晚饭的时候，突然听到了一个奇怪的声音——啪嗒，啪嗒，啪嗒，好像有什么东西从大理石楼梯上掉下来了。不久之后，有人轻轻地敲门，一个小小的声音喊道：

打开门，亲爱的公主，

打开通往你真爱的大门！

记住你和我说的话，

在清凉的池塘旁，在绿色的树荫下。

公主跑去打开了门，但眼前却出现了那只青蛙。她害怕极了，立马把门紧紧地关上了，又小跑回座位上。国王发现自己的女儿好像受到了惊吓，赶忙问她发生了什么。

"门口有一只讨厌的青蛙，"她回答，"因为我答应要和他成为朋友，所以他帮我把掉进池塘的金球捡了回来。但是我以为他永远都离不开池塘，拿到球后，我就直接回来了。可是现在他找到了这里，他想要进来。"

就在她说话的时候，青蛙又敲了敲门，喊道：

打开门，亲爱的公主，

打开通往你真爱的大门！

记住你和我说的话，

在清凉的池塘旁，在绿色的树荫下。

国王对年轻的公主说："既然你已经许下了承诺，那你就要兑现它，让他进来吧。"

公主听了父亲的话，让青蛙进来了。青蛙在屋内蹦蹦跳跳——啪嗒，啪嗒，啪嗒，一下子跳到了公主的餐桌旁。

他对公主说："请把我放到椅子上吧，我想坐在你的身边。"

她照做了。

青蛙说："再请你把金盘放得离我近一点，我现在够不着它。"

她又照做了。当青蛙吃饱喝足之后，他说："我感觉有些累了，请把我抱上楼吧，就把我放在你的床上。"

公主虽然很不情愿，但还是抱着他上楼了，把他放在了自己的枕头上。就这样，青蛙在公主的枕头上睡了一夜。天一亮，他就从床上跳了起来，跳到了楼下，跳出了城堡。

公主心想："哦，他终于走了，我再也不用烦他了。"

但是她高兴得太早了，因为夜幕再次降临时，她又听到了同样的敲门声，这只烦人的青蛙又来了，他对着屋内喊道：

打开门，亲爱的公主，

打开通往你真爱的大门！

记住你和我说的话，

在清凉的池塘旁，在绿色的树荫下。

公主像昨天一样打开门，青蛙也和昨天一样，蹦蹦跳跳进屋，在她的枕头上一觉睡到天亮。这样的情节，在第三天再次上演了。

可第四天却大不相同了。公主醒来睁开双眼，惊奇地发现青蛙不见了，取而代之的竟是一位英俊的王子。此刻他正站在床边深情地凝望着她，那双迷人眼眸是她此前从未见过的。

王子告诉公主，他被一位恶毒的仙女下咒变成了青蛙，所以他不得不等待一位命中注定的公主将他带出池塘，让他用自己的盘子吃东西，并在她的床上睡上三个晚上。

"我现在别无他求，只希望你——帮我破除诅咒的公主——和我一起回到我的国家，我要和你结婚，爱你一辈子。"

毫无疑问，年轻的公主没有片刻犹豫，她接受了王子的求婚。在他们说话的片刻，一辆由八匹俊美宝马拉的精致马车驶了过来，马匹的全身都装点着华丽的羽饰，金色的马具在阳光下闪烁着光芒；马车上还坐着王子忠心耿耿的仆人海因里希，自王子被下咒后，他也一直身陷悲伤，痛苦不已。

一切安排妥当后，他们同国王告别，登上了马车，满怀喜悦地向王子的国家进发。最终他们安全抵达目的地，过上了幸福美满的生活。

[德国] 格林兄弟著，金珂译，选用时有改动。

French

法国

Folk Tales

民间故事

穿长靴的猫

从前有个磨粉匠死后，留给他的三个儿子一份遗产，这份产业一共只有一座磨坊、一头驴子和一只猫。

三个儿子立刻就把它们分了，没有公证人，也没有代理人，什么人也没有请。要是请那些人，他们一下子就会把这份可怜的遗产吃光的。

大儿子分得了磨坊，二儿子拿去了驴子，小儿子没有东西可以拿，只分到了一只猫。

那小儿子继承了那么少的遗产，很是悲伤。

"大哥二哥，"他自言自语说，"你们很体面，可以合伙做生意，两人过幸福的生活。可是我呢，就算是吃了我的猫，再把猫皮做一双暖手筒，而后，我也只好饿死。"

那只猫听了他的话，装作没听见，用一种又沉静又庄重的口气对他说：

"你不要自寻烦恼，我的主人。你只要给我一只口袋，再替我做一双长靴，让我到林子里去，你就知道，你不会像你所想的那样穷苦。"

虽然主人不十分相信猫的话，可是他看见过，它捉耗子时十分灵巧——它能直立起来或者躺在面粉中装死，因此他想它对于他的贫困也许有些帮助，所以没有完全失望。

那只猫得到了它所需要的东西以后，立刻穿上了长靴，把口袋围挂在颈上，用前爪握住了袋口的绳子，走进一座养兔场。那里有许多兔子。它在口袋里放了些糠和莴苣，躺着装死，等着那些年轻的兔子——它们不大懂得世上的狡计——走进口袋中去吃它投放的东西。

它一睡下，就达到了它的目的——一只年轻的傻兔子走进了它的口袋，那猫立刻把袋口的绳子抽紧，捉住了它，毫不留情地杀死了它。

猫得意地带了它捉来的兔子，到王宫里去见国王。它被引到国王的住处，便进去向国王深深地鞠躬说：

"陛下，这一只野兔子是奉了我家主人卡拉拔侯爵（这名字是它为主人捏造出来的）的命令来献给陛下的。"

"对你主人说，"国王回答他，"我谢谢他，因为他使我很快乐。"

又一天，猫出去躲在麦田中，照前次一样握住打开了口的口袋，不久有一对鹧鸪走进口袋里，它抽紧了绳子，把它们双双捉住。然后它便去见国王，照上次送兔子那样送上鹧鸪，国王很快乐地接受了那一对鹧鸪，又赏赐了它一些金银。

那只猫继续用这个办法，把它替主人猎得的东西献给国王，这样过了两三个月。

有一天，猫知道国王要和他的女儿——世界上最美丽的公主到河滨去郊游，它就对主人说："假如你肯听我的话，你的运气就来了。你只要到河里去洗个澡，那地方我会指示给你的，别的事让我来处理。"

那位被称作卡拉拔侯爵的主人听了猫的话，照着去做了，也不知将来怎样。当他在洗澡的时候，国王刚巧经过，于是那只猫就拼命大叫：

"救命！救命！卡拉拔侯爵要溺死了！"

国王听见了这呼声，从车窗中伸出头来，认出了那只常常带东西来送给他的猫，就命令卫队立刻去救卡拉拔侯爵。

当他们把那可怜的卡拉拔侯爵从河中救起时，那只猫就走到车边，告诉国王说，他主人在洗澡时，有许多强盗跑来。虽然他拼命喊"捉强盗"，可是那些强盗还是把可怜的侯爵藏在大石下的衣裳抢了去。

国王立刻吩咐他的管衣裳的仆人，去把他最华丽的衣裳拿一套来给卡拉拔侯爵。国王拥抱了他一千次，等到他穿好了衣裳，他的风度格外好（因为他本来就是俊美的），国王的女儿很喜欢他。当卡拉拔侯爵恭敬而温柔地看了她三次以后，她就暗中爱上了他。

国王让侯爵坐进车中，一同去游览。那只猫看见它的计策快要成功，开心极了，在前面跑着。当它遇到农夫们在草地上割草时，它就对他们说：

"你们这些割草的好百姓，假如你们不对国王说你们收割的草地是卡拉拔侯爵的，他将会把你们都斩成肉酱！"

国王经过，问那些割草的人，他们所割的草是属于谁的。

"这是卡拉拔侯爵的。"他们同声回答，因为那只猫说的话把他们吓坏了。

"你有这样好的产业。"国王对卡拉拔侯爵说。

"你看，陛下，"侯爵回答，"这草地每年可以出产许多的草。"

那猫依然向前走着，来到一些割麦的人面前，对他们说：

"你们这些割麦的好百姓，假如你们不对国王说这些麦子都是卡拉拔侯爵的，他将要把你们斩成肉酱。"

不久国王来了，想知道他所看见的这些麦子是谁的。

"这是卡拉拔侯爵的。"割麦的人回答。国王格外喜欢侯爵了。

那只猫在车子前面跑，遇见什么人都说同样的话，国王对于卡拉拔侯爵的豪富大为惊叹。

猫来到一座精美的城堡前面，这座城堡是一个妖精的，他的富裕声名谁都知道——原来那国王的车子一路经过的地方都是这城堡的主人的。

那只猫小心地问清楚这妖精是谁，有什么本领，然后就要求和他谈话，说它既来到他的城堡，不去拜访他是失礼的。

那妖精就尽了妖精所能做到的文雅礼节接见它，请它坐下。

"有人对我讲，"那只猫说，"你有变化成各种动物的本领，比方说，你能够一下子把自己变成一只狮子，或是一头大象。"

"真的，"那妖精鲁莽地说，"而且我可以证明给你看，你将看见我变成一只狮子。"

那只猫顿时看见一只狮子在它面前出现，吓得立刻跳上房檐去，不过这很不方便，而且很危险，因为它的长靴在瓦片上不好走。

过了一会儿，猫知道那妖精已经恢复了原形，才敢下来，承认自己当时很害怕。

"有人还对我讲，"那猫说，"可是我不相信——他们说你还有变成极小的动物的本领，譬如说变成一只耗子！我以为这在你是完全不可能的。"

"不可能？"妖精回答，"你看着吧！"说着，他立刻变成一只耗子，在地板上奔跑。

那只猫看见这种情形，立刻扑上去，一口把他吞了下去。

不久后，国王经过这座精美的城堡，很想进去。那只猫听见了吊桥上辚辚的车声，便跑上去迎接他们，并且对国王说：

"欢迎陛下来到卡拉拔侯爵的城堡！"

"怎么，我的侯爵，"那国王惊呼起来，"这城堡也是你的吗？这座院落四周的一切建筑是再好也没有的了。我们到里面去，好吗？"

侯爵走在前面，扶着公主，后面跟着国王。他们走进大厅，看见大厅里摆放着丰盛的筵席。这筵席是妖精为他的朋友们准备的，那些朋友今天应该来看他，可是他们这时都不敢进来，因为国王在这里。

国王因为喜爱侯爵的好品格，更因为他的女儿一味地爱着他，又因为看见他有富裕的财产，所以在饮了五六杯酒以后，就对侯爵说：

"卡拉拔侯爵，你做不做我的女婿，这完全随你自己。"

侯爵深深地向国王行了个礼，领受了国王赐给他的恩典，就在当天和公主结了婚。那只猫已经成了大勋爵，除了高兴时捉捉耗子玩以外，再也不用劳累了。

小拇指

从前有一个樵夫和他的妻子，他们有七个孩子，都是男孩子，最大的只有十岁，最小的只有七岁。人们都很奇怪，那樵夫为什么在这样短的时间里会有这么多小孩子。其实这是因为他的妻子生得勤，且每次分娩时至少生两个孩子。

夫妻俩都很贫苦，七个孩子给他们的生活带来了困难，因为他们当中还没有一个能够独立生活。使夫妻俩更发愁的是，那个最小的孩子身体很瘦弱，而且难得说话，因此，他们就把他看作一个笨蛋。那孩子生得很小，生下来时几乎只有一个拇指那么大，因此他们就叫他小拇指。

这可怜的孩子是家中受欺侮的对象，随便出了什么事，他总是挨骂。然而他却是他弟兄当中最伶俐、最聪明的一个，虽然不常开口，听的却很多。

有一年收成很坏，闹起了饥荒，穷人们只好抛弃自己的孩子。一天晚上，孩子们睡着时，这樵夫和他的妻子坐在火炉旁，樵夫很痛心地对妻子说："你看得很明白，我们已经不能抚养我们的孩子了。我不忍心看着他们饿死，决定在明天把他们抛在森林里。这是很容易做的，趁他们捆绑木柴不注意时，我们悄悄走开就是了。"

"啊！"樵夫的妻子叹着气说，"你忍心丢了你自己的孩子吗？"

她的丈夫重新把自己的困难说了一遍，可这是白说，她总以为这样做不好。虽然她很穷，却是他们的妈妈。

但是她仔细一想，与其亲眼看着孩子们饿死，还不如抛弃他们为好。她只好答应了他，然后伏到床上痛哭起来。

他们所说的话，小拇指都听见了，因为当他睡在床上的时候，他觉得父母在谈论他们的事，就立刻轻轻起床，偷偷地躲在他父亲的椅子下面听，没被他们看见。接着他重新上了床，却一刻也没有睡着，心想他应当怎么办。清早他就起身跑到一条溪边，把细小洁白的鹅卵石满满地装了好几口袋，然后回了家。他们出发了，小拇指一句也没有把他听到的话告诉他的哥哥们。

他们进了一座很深的森林，在这森林中，十步以外便不能互相看见了。那樵夫就砍起树来，他的孩子们去捡树枝，捆成柴束。爸爸和妈妈看见他们正在工作，就悄悄地跑了，很快从一条曲折的小路溜出了森林。

当那些孩子觉察到只剩下他们时，就拼命地狂呼大哭起来。小拇指听凭他们呼喊着，他知道怎样可以回家，因为他来的时候，沿路丢下了藏在口袋中的细小洁白的鹅卵石。

他说："不要慌，我的哥哥们，我们的爸妈已经把我们抛弃在这里，可是我要平平安安地带你们回去，你们只要跟着我走就是了。"

他们都跟着他，他把他们从来时的路带回家。他们不敢立刻进门去，只贴着门偷听爸爸和妈妈的谈话。

樵夫和他的妻子到家时，庄主送了十块钱来，这是他从前欠他们的，而他早已不指望他会归还了。这十块钱救了他们的命，因为他们几乎要饿死了。樵夫立刻叫他的妻子到肉店里去。他好久没有尝到肉味了，她就买了足有两人平常吃的三倍多的肉。他们吃完饭后，那樵夫的妻子说："唉！我们可怜的孩子们现在不知在哪里了，如果他们在，一定会快乐地把我们吃剩的东西吃了。可是偏是你，威廉，你要丢了他们。我早已说过，我们将来一定要后悔的。现在他们在林子里不知怎样了！唉！我的上帝，他们也许已经给豺狼吃掉了！你真不是人，竟这样丢掉你的孩子们！"

樵夫最后发脾气了，因为她接连说了二十多次他们要后悔和她以前的话没错这一类话。他威吓她，说假如她再不住口的话就要打她。其实樵夫恐怕比妻子更忧愁，可是听她这样唠叨，他就心烦起来，因为他和别的男子一样，爱听女人说好听的话，而痛恨直爽的话。

那樵夫的妻子流着泪说："啊啊！我的孩子们在哪里啊？我的可怜的孩子们！"

她这样地喊着，愈喊愈响，门外那些孩子听见了，就一齐高喊起来："我们在这里！我们在这里！"

她立刻跑去替他们开门，拥抱他们，叫着："我亲爱的孩子，我亲爱的孩子们，我能看见你们，是多么快乐啊。你们一定很疲劳、很饿了。而你，比爱洛，你是这样脏，过来，我给你洗洗。"

比爱洛是她的长子，她最爱他，因为他的头发是红褐色的，而她的头发也有点红褐色。

他们坐下来吃饭，胃口好极了，这使他们的爸爸妈妈很欢喜。他们还告诉爸妈，说他们在林中多么恐慌，他们差不多是齐声说的。爸爸妈妈快乐地再次看见自己的孩子围绕在身边。可是等到十块钱用完，他们的快乐也完了。这时候，夫妻俩重新陷入了和以前一样的忧愁中，并决意再次抛弃他们的孩子。为了达到目的，他们要把孩子们领到比第一次更远的地方去。

他们商量这件事的时候，没有好好地保守秘密，他们的话又被小拇指听见了。小拇指打定主意照老法子办。可是虽然他很早就想去拾小鹅卵石，却做不到了，因为他看见门锁着。正在他想不出办法的时候，樵夫的妻子给了他们每人一个面包作为早餐，他便想起他可以把面包撕成小块，代替小鹅卵石丢在经过的路上，于是他把自己的一块面包放在口袋里。

爸爸和妈妈领孩子们到了一座森林的最深、最暗的地方，趁他们干活的时候，两人从一条小路上偷偷溜走了。小拇指一点儿也不害怕，因为他相信他可以很容易就依着他丢面包屑的路回去。结果却令他很惊异，因为一点面包屑也找不到——原来面包屑都被鸟儿吃完了。

孩子们伤心地呆望着，他们在林中彷徨着，愈走愈深。黑夜来了，大风起了，他们非常恐惧，仿佛听到了豺狼在四周狂嗥，立刻要来吞食他们。他们不敢说话，也不敢回头看一看。后来天上又下起倾盆大雨，他们的衣服都湿透了。他们一步一滑，在泥泞中跌倒，又满身污泥地站起，他们不知道怎么办才好。

小拇指爬到一棵树的顶上去，想在上面看看是不是可以看见什么东西。他看来看去，看见有一点像烛光那么小的光，这点光是在森林的远方。于是他就下来。可是他一落到地上，那光又看不见了，对此他很烦恼。当他和哥哥们向发光的地方走了一会儿，他又看见那点光从林中显现出来。

他们渐渐地走到那所有光的房屋。他们一路上经历了不少恐慌，他们时常找不到那灯光的方向，常常跌到溪涧中去。到了门口，他们敲门，一位善良的妇人开了门。她问他们要什么。小拇指告诉她说，他们是贫苦的孩子，在森林中迷失了路，求她收容他们过一夜。

那妇人是个妖精的妻子，她看见他们都生得很好看，就哭起来，对他们说："哎哟！我的可怜的孩子们，你们从哪里来的？你们要知道，这是一个妖精的住宅，他要吃小孩子的！"

"哎哟，太太！"小拇指回答，浑身战栗着，他的哥哥们也都战栗起来，"我们如何是好呢？假如今夜你不让我们寄宿，林中的豺狼一定会把我们吃了，因此我们宁愿被那位先生吃了。如果你能向他求情，或许他会可怜我们的。"

那妖精的妻子心想，她可以设法把他们藏起来，藏到第二天早上。于是她就答应了让他们进来，带他们到一个火炉边，使他们可以取暖，因为她

ELIZABETH TYLER

已经烧了一整只羊做妖精的晚餐了。

他们正在取暖的时候，忽然听见门被人重重地敲了三下。这是妖精回来了。他的妻子立刻叫他们躲在床下，然后去开门。妖精先问晚餐有没有预备好，酒有没有斟满，然后他就吃喝起来。羊肉还是生的，可是他喜欢这样吃。他嗅来嗅去，说他闻到生人的气息了。

"这一定是小牛的气味，我刚才替你宰的。"他的妻子说。

"我闻着生人的气息了，我再对你说一遍，"那妖精斜眼看着她说，"我猜这里一定有什么东西。"

他说着，离开桌子一直向床边走过去。

"啊！"他喊着，"原来如此，你欺骗我，可恶的女人！我要吃你是很容易的！你真是个老畜生！这些猎物来得正好，可以招待我的三位朋友，他们这几天说要来看我。"

他把他们一个个从床下拖出来。这些可怜的孩子都跪下来求他饶命。可是他们遇到的是一个最残忍的妖精，他哪里会可怜他们，眼巴巴地要吃了他们。他对他的妻子说，要把他们切成小块的肉，要她弄些好酱油。

他去拿了一把大刀来，走到孩子们的身边，他左手拿着一块长石头，把刀子在那上面磨快。当他抓住一个小孩子的时候，他的妻子就对他说："你为什么这时动起手来呢？难道明天都等不及吗？"

"闭嘴，"妖精说，"明天我还是要杀他们的。"

"可是你已经有这么多的肉了。"他的妻子说，"一头小牛、两只羊、半只猪。"

"你说得有道理，"妖精说，"让他们好好地吃一顿饭，这样他们可以不掉膘，然后领他们睡觉去。"

那善良的妇人心中大喜，给他们吃了一顿很丰盛的晚餐，可是他们都吃不下，他们怕极了。至于那妖精，他重新坐下来喝酒，快乐地想着他有这样好的菜来款待他的朋友们。他比平常多喝了十二杯酒，不久他就醉了，不得不去睡了。

这妖精有七个女儿，她们都还幼小。这些小妖精脸色都很好，因为她们和她们的父亲一样是吃生肉的。她们有小小的灰色圆眼睛、弯鼻子、大嘴巴、长牙齿，这牙齿非常锐利，又互相离开得很远。虽然她们还不太凶恶，但是已经很会做坏事了，她们会咬破小孩子的血管来吸他们的血。

她们早已睡了，七个人睡在一张大床上，每个人头上都戴着一个金箍。就在这房中，有一张同样大小的床，妖精的妻子就让那七个孩子睡在那儿，然后她到丈夫身边去睡。

小拇指看见妖精的女儿们每人头上都有一个金箍，他恐怕那妖精要反悔今晚没有杀了他和他的哥哥们，就在半夜里起来，脱下了他自己和哥哥们的睡帽，轻轻地戴在妖精的女儿们头上，同时把她们的金箍脱下来，戴在自己和六个哥哥的头上，这样妖精会误认为他们是他的女儿，而把自己的女儿当作他们，因为他很想割他们的颈项。果然不出所料，半夜里妖精醒了，心中很后悔没有把他们在晚上杀了，而要等到明天早上。因此他一跳就跳下了床，拿起了他的大刀。

他说："我得去看看那些小家伙们现在怎么样了，我做事老是不爽快。"

于是他偷偷地进了他女儿的卧室，走近那七个小孩子睡觉的床，除了小拇指外，别人都已睡着了，那妖精先用手摸摸他哥哥们的头，后来又摸他的头，这时候他真恐慌极了。那妖精摸到了那些金箍，说：

"真的，我几乎犯了大错误！都怪我晚上酒喝得太多了。"

然后他走到他的女儿们的床边，摸到了那些小睡帽，那是孩子们的东西。

"哈！"他喊着，"好东西在这里！大胆地干吧！"

他这样说着，就不慌不忙地把他七个女儿的喉管割断了。他圆满地干完了这事，又回去睡了。

小拇指一听见妖精的鼾声响起来，立刻叫醒了他的哥哥们，叫他们赶快穿起衣服来跟他走。他们轻轻地走到院子里，跳过了围墙。他们几乎通宵奔走，一路颤抖着，也不知道自己在向哪个方向去。

妖精早晨醒了，对他的妻子说："你上楼去宰掉你昨夜收留的那些小家伙吧。"

她听错了她丈夫的话，以为丈夫叫她去给孩子们穿衣服，于是大为诧异，想不到他会对她说出这种话来。她上了楼，大吃一惊，只看见她的女儿们都死了。

她直接晕倒了。那妖精觉得她做事时间太久，跑上楼去帮她。他看见这种可怕的景象时，也同妻子一样惊恐。

"啊！我做了什么？"他喊着，"我要立刻叫这些坏家伙来赔偿！"

他立刻在妻子的鼻子里灌了一些冷水，使她清醒过来，对她说：

"赶快把我的七法里靴子拿来，我要去捉住那些孩子。"

他出发了，向各个方向都乱跑一通，最后他走上了那些可怜孩子走的路，看见他们已经离他们爸爸的茅屋不到一百米了。孩子们看见那妖精从这座山跨到那座山，跑过河流正像他们跨过小溪那样容易。小拇指看见附近有一个岩洞，就叫哥哥们躲了进去，自己在他们后面爬着走，不时观察妖精的举动。那妖精因为白白走了这许多路，十分疲倦，不得不休息了。他恰巧坐在那些小孩子躲着的岩石上。

他十分疲倦，不久就睡熟了，又打起那种可怕的鼾，使孩子们异常害怕，正如昨夜他要拿刀杀他们的时候一样。小拇指没有他的哥哥们那样恐慌，他叫他们在妖精酣睡的时候赶快跑回家去，不要管他。他们听了他的话，立

刻跑回家去了。

小拇指走到妖精身旁，把他的靴子轻轻地脱下，自己穿上了。那靴子是很长、很大的，可是因为是仙靴，可以随人的脚的大小而伸缩，因此他穿上去刚刚好，好像它是为他定做的一般。

他径直向妖精的家中走去，看见妖精的妻子在被杀的女儿们身旁哭着。

"你的丈夫，"小拇指对她说，"现在很危险，因为他已经被一大队强盗捉去了，强盗们说，要是他不把他的金银献给他们，他们就要杀了他。当他们将刀搁在他的肩上时，他看见了我，就叫我来告诉你他的处境，叫你把所有的金银都交给我，一点儿不要剩，否则他们会毫不怜悯地杀了他的。因为事情很急，他叫我穿了他的七法里靴赶来，你看这就是。这样可以使我走得快一点，并且可以证明我不是骗子。"

那好妇人非常着急，立刻把她所能找到的钱都交给他，因为那妖精虽然要吃小孩子，对她来说却是一个好丈夫。小拇指拿上了那妖精的财产，急急忙忙回到他父亲的家里。

而后，小拇指又穿上了妖精的靴子，到王宫中去了，因为他知道那边大家正在着急，原来有一支军队在二百法里[1]外打仗，大家渴望听到那里战事的好消息。小拇指对国王说，要是他希望当天有人把消息带回来，他可以办到。国王答应他，如果他能办到，一定会给他许多金钱。小拇指当天晚上就把消息带回来了，这第一次当信使让他出了名。而后，他替国王传递命令给军队，国王很慷慨地给他报酬。他现在是要什么就能得到什么了。他做了一段时间的信使，积攒下了许多钱，就又回来见父亲，家中的人和他重新见面，这番快乐是可想而知了。

---

1 法里：一法里约合四千五百米。

074

蓝胡子

从前有个男人，他在城里和乡下有不少财产。他富有得不得了，有各种金银器皿，有套着绣花布罩的家具和镀金的四轮马车。不过这男人很不幸，长着一脸难看的蓝胡子，女士们一看到他，吓得转身就跑。

蓝胡子有个邻居，是个贵族夫人，她有两个花儿般美丽的女儿。蓝胡子想娶她的一个女儿做妻子，请求她嫁一个女儿给他。可是那两个女儿看不上他，互相推诿，不肯嫁给蓝胡子做妻子。她们忌讳的是，蓝胡子已经娶过几任妻子，但是从来没有人知道那些女人的下落。

蓝胡子为了讨好她们，特地邀请她们母女到他的乡间别墅里去住一个星期。他还请了她女儿的一些好友和邻近的几个年轻妇女给她们做伴。

她们在别墅里除了娱乐性的舞会、打猎、钓鱼和豪华的夜宴之外，没有看到什么。大家通宵不睡，只是聚在一起谈谈说说，寻欢作乐。蓝胡子的这次邀请搞得非常成功。贵族夫人那个小女儿动了心，开始改变想法，认为别墅主人的蓝色胡子并不像以前那样讨厌了，他本人也是一个出色的上等人。

他们回到城里以后，不久就决定结婚了。过了一个月，蓝胡子告诉年轻的妻子：

"我有重要的事情要下乡一次，至少六个星期。在我出门期间，请你自行安排，可以散散心，也可以邀请一些亲朋好友。要是高兴的话，你可以带他们去乡下走走，做些菜肴招待他们。"

说完之后，蓝胡子又交代妻子：

"这是两个大库房的钥匙，库房里面放着我最喜欢的家具。这是开金银食器房间的钥匙，这些食器平常不使用。这是保险柜的钥匙，保险柜里面存放金银货币。这是珠宝箱的钥匙。这是一把开家里所有房间的万能钥匙。这把小钥匙是开底层大走廊靠边一个小房间的钥匙。那些房间你可以开门进去。不过靠边那个小房间你不许进去，要是进去了，可别怪我生气，那后果是你承担不了的。"

　　年轻的妻子答应一定照他的话办。于是他拥抱过妻子后，乘上漂亮的四轮马车走了。

　　那些邻居和好朋友早已等待得不耐烦了，希望新主妇邀请她们去她家里参观华丽的家具。以前有她丈夫在家，她们因为忌惮蓝胡子，都不敢进她的家门。她们参观了她家的寝室、大大小小的房间和库房。那些房间布置得非常精致，一处胜过一处。

　　后来她们又上楼去，走进两个房间。那里摆设着最豪华的家具，墙上挂着墙帷、床铺、睡椅、大橱子、柜子、桌子、镜子，一应俱全，真是琳琅满目，美不胜收。特别是那些镜子，在那个时代镜子是珍贵的高档用品，可以从头照到脚；镜框有的是用银子打成的，也有包金的，看得人眼花缭乱，都是她们从来没见过的、最豪华的珍品。

　　朋友们看了都赞不绝口，羡慕新婚妻子的幸福生活。不过年轻的妻子一心想看遍家里全部的东西，想去打开底层那个小房间。因为她急于想看小房间里的东西，竟不顾独自离开客人有失礼貌，自个儿从后面的小扶梯走下去，走得那么匆忙，仿佛有人在追她似的。她走到小房间门口，不由得停了下来，犹豫一阵，想到丈夫嘱咐的话，考虑要是不遵守的话，是否会有灾祸临头。可是她想开门进去看看，那诱惑力实在太强烈了，她克制不住，终于拿出小钥匙来，哆哆嗦嗦地开了门。起初，她什么也没看清楚，因为里面窗子关着。过了一会儿，她才看出地板上的斑斑血迹，靠墙一字儿躺着几个女人的尸体（那些女人都是蓝胡子从前娶来后杀死的）。她吓得要死，慌忙从锁孔里拔出钥匙，一不小心，钥匙从手里落在地上。

她定下神来，急忙拾起钥匙，锁上了门，飞快跑上楼去，到卧室休息。因为她害怕极了，没法定下心来。她发觉那个小钥匙上沾了血，想把血迹擦去，擦了两三回，血迹总是擦不掉。她用水洗钥匙，甚至还用肥皂和沙子擦洗，也洗不干净，血迹还是留在上面。因为那钥匙上施过魔法，她没法擦去血迹。钥匙上一边的血擦去了，另一边又出现血迹。

那天晚上，蓝胡子回来了。他告诉她，他在路上听到信息，他要办的事已经顺利结束。他的妻子强作镇静，说他能很快回家，她很高兴。

第二天早晨，他向妻子要回那些钥匙，她把钥匙一一交还给他。她交钥匙的那只手老是哆嗦，因此他一下子就猜出了发生的事。

"怎么？"他问道，"小房间的钥匙怎么不在一起？"

"准是忘在桌子上了。"她说。

"马上给我拿来。"蓝胡子说。

年轻的妻子磨磨蹭蹭，好大一会儿才把钥匙取来给他。蓝胡子仔细瞧着钥匙，问妻子道："钥匙上怎么会有血迹的？"

"我不知道。"可怜的女人吓得脸色苍白，大声嚷道。

"你不知道！"蓝胡子说，"我可知道。你不是进了那个小房间吗？也好，太太，那你就进去吧，在你看到的那些夫人中间找一个适当位置。"

年轻的妻子听了这话，浑身发抖地跪到丈夫脚下，求他饶命，并且发誓以后一定悔改，绝不敢再违抗他的命令。看到她那楚楚可怜和苦苦哀求的样子，即使铁石心肠也会软化的，可是蓝胡子的心肠比铁石还硬，居然毫不动心。他一口咬定："太太，你非死不可，必须马上就死。"

"既然我非死不可，那就请你给我留些时间，让我向上帝忏悔。"年轻的妻子泪如雨下，苦苦哀求。

"好吧，那我给你五分钟时间，不许超过一秒钟。"蓝胡子斩钉截铁地说。

年轻的妻子上楼找她的姐姐说："安娜，我求你到屋顶上去，瞧瞧咱们的两个哥哥来了没有。他们曾跟我约定，今天要来。你瞧到他们，立即发出暗号，催他们再快一点。"

安娜爬到屋顶上去。可怜那即将被害的妻子不断对姐姐叫嚷："安娜，看到有人来了吗？"

她姐姐回道："我只看到外面亮堂堂的阳光、绿油油的青草，别的什么也没有看到。"

这时蓝胡子手执钢刀，厉声对妻子说："赶快下来。不然我就上来啦。"

"请你等一会儿。"年轻的妻子回答后，急忙低声对姐姐说，"安娜，安娜姐姐，看到有人来吗？"

"我只看到外面亮堂堂的阳光、绿油油的青草，别的什么也没有看到。"

"赶快下来。不然我就上来啦。"蓝胡子又在号叫了。

"就来，就来。"年轻的妻子答应过后，又朝姐姐喊道，"安娜，安娜姐姐，看到有人来吗？"

"看到了。我看到大路上尘土滚滚，向咱们这儿扑来。"

"是哥哥们来了吗？"

"哎哟，不对。"安娜姐姐回道，"是一群羊！"

"你下来不下来？"蓝胡子吆喝道。

"再等一会儿。"年轻的妻子回答后，又喊道，"安娜，安娜姐姐，看到有人来吗？"

"看到啦！有两位骑士来了。不过他们离咱们这儿还远着呢！"

"感谢老天爷！"可怜的妻子高兴地嚷了起来，"那是我们的两个哥哥。我必须想法子发出求救信号，催他们快点来。"

蓝胡子的号叫声更大了，响得整个房子都在抖动。不幸的妻子吓得面无人色，走下楼来，扑到丈夫脚下，头发披到肩上，淌着眼泪。

"你这样一点儿也没用，你非死不可。"蓝胡子说着，一只手揪住她的头发，另一只手举起钢刀要砍她的头。可怜的女人转过身子，用临死前的眼睛望着他，希望争取时间让他镇静下来。

"不行，不行。你只好靠上帝来救你了。"蓝胡子举起手来，正要把刀砍下去。

说时迟，那时快，忽然外面有人疯狂地敲门。蓝胡子一呆，猛然放下手来。大门一开，闯进两位骑士。他们拔出剑来，径直向蓝胡子刺去。蓝胡子认识这两位骑士，他们是他妻子的哥哥，一位是龙骑兵，一位是火枪手。他赶紧逃命，可是两位哥哥紧追不放，趁蓝胡子逃到门口脚跟没有站稳，两把剑已刺进他的身体，把他刺死在地。可怜的妻子差不多也像她的丈夫一样死了一般，连站起来欢迎哥哥们的力气也没有了。

蓝胡子没有子女，因此他的全部家产由他妻子继承。她把一部分财产分给安娜姐姐，让姐姐和一个同她相爱很久的青年贵族拿这笔钱做结婚费用；另一部分赠送给她的两个哥哥做购买队长职位之用；剩余的部分自己就用来和一个正直的男人结婚。和这个男人结婚之后，她才把跟蓝胡子一起生活的那段不幸经历逐渐淡忘了。

灰姑娘

从前有一位贵族，他的妻子死了，他又娶了一个继室。可以说，那是一个人们能想象到的最可恶、最骄傲的妇人。

她有两个女儿，什么都同她相像，连脾气也一样。贵族的前妻也有一个女儿，可是她非常温柔善良——这些好品行都是从她母亲那儿得来的，她母亲是世界上最好的女人。

继母到这个家里不久，她的坏脾气就显露出来了。她不能忍受贵族前妻的女儿身上的许多好品行，因为她的好品行使继母自己的女儿显得益发可憎了。

继母要这女孩子做家中的一切苦活儿，要她刷地板、洗扶梯、洗餐具，要她擦洗她们母女三个的卧房。女孩睡在屋顶阁楼中，拿干草当褥子，而她的两个姐姐却占着铺了木地板的房间、最时兴的床，还有可以从头照到脚的大镜子。

那可怜的女孩子暗暗地受着苦，不敢告诉她的父亲，因为他准会责骂她，他完全听妻子的话。

她做完了她的事，就待在烟囱旁边，坐在灰堆里，因此家里人都叫她"煨灶猫"。那第二个女儿没有那么粗野，只叫她"灰姑娘"。

那灰姑娘虽然穿着破衣衫，却比两个姐姐美丽百倍。她们即使穿了极华丽的衣裳，也赶不上她。

那时，国王的儿子举行舞会，把所有的阔人都请来了。我们这两位小姐也在被邀之列，因为她们是当地有名的人物。她们多快乐啊，整天选择最

时髦的衣饰。这给灰姑娘添了许多麻烦，因为她要烫姐姐们的衬衣，给她们缝花边。而她们呢，就只管谈论应当穿什么式样的衣裙。

"我呢，"大姐姐说，"我要穿我的红天鹅绒衣服，衬上英国花边。"

"我呢，"二姐姐说，"我只要穿我平常穿的绣裙，另外，我要披上我的金花外套，还要加上我的钻石项圈，那是最贵重的。"

她们请来了最好的美容师，做了两重高的发髻，套上有褶边的帽子。她们叫灰姑娘给她们提些意见，因为她很有眼力。灰姑娘用最好的评语赞美她们，甚至给她们梳头，她们很愿意让她这样做。

当她正在为她们梳头的时候，她们对她说：

"灰姑娘，你愿意和我们一同到舞会去吗？"

"哎呀，小姐们，你们同我开玩笑了，我哪里配！"

"对啊，你想，一个煨灶猫也加入舞会，这不是天大的笑话吗？"

换了别人，早就要把她们的头发弄乱了，可是灰姑娘的脾气是很温和的，她依旧把她们的头发梳得很光滑。

她们差不多两天没有吃饭，她们快乐极了。她们弄断了一打多的束腰带，因为想要竭力把腰身束细，而且她们还一天到晚照镜子。

后来，那快乐的一天到了。她们出门去参加舞会，灰姑娘一直看着她们，直到看不见时，她哭了。她的教母看见她流泪，就问她为什么哭。

"我想……我想……"她呜咽着泣不成声了。

她的教母是一位仙女，对她说：

"你想参加舞会，不是吗？"

"啊，是呀。"灰姑娘长叹着说。

"那么，你乖乖地不要哭，我可以让你去。"仙女领灰姑娘来到她的房中，对她说，"到园中给我采一个南瓜来。"

　　灰姑娘立刻去选了一个最好的南瓜来交给教母，却不懂这南瓜怎样能使她到舞会去。

　　教母把南瓜挖空了，只剩下一个空壳子，用她的仙杖一点，那南瓜立刻变成一辆华丽的镀金马车。

接着她去看了看捕鼠器，看见那里面有六只小老鼠，都还活着。她叫灰姑娘悄悄地打开笼门，每只老鼠跑出来的时候，她就用仙杖点一点，于是每一只小老鼠都变成了一匹骏马，这样六匹马排成了很好看的一队，都是美丽的鼠灰色斑点的。用什么东西变马夫呢？教母有点为难了，灰姑娘于是说：

"让我去看看，另外一只捕鼠器里可能有老鼠，我们可以把它变作马夫。"

"你说得不错，"教母说，"你去看看。"

灰姑娘把另外一只捕鼠器拿过来，里面有三只大老鼠。那仙女从三只中选了一只，因为那只大老鼠有许多胡须。她把它用仙杖一点，它就变成一个肥胖的马夫，长着一嘴的胡子。

"到园里去，"随后仙女又说，"在水缸背后你可以找到六只蜥蜴，把它们拿来给我。"

灰姑娘立刻把它们拿来，教母把它们变成六个仆人。它们立刻站在马车后面，它们的衣服镶着花边，好像是一向过着这种生活似的。于是仙女对灰姑娘说：

"好了，现在已经安排停当。可以到舞会去了，你不就快乐了吗？"

"是呀，可是难道我穿这身衣裳去吗？"

教母只用仙杖点了一点，灰姑娘的衣裳就变成金银色，还镶着珠宝。教母随后又给她一双玻璃的小舞鞋，世界上最美丽的小舞鞋。

灰姑娘这样装扮好了以后，上了马车。教母又对她说，这一切东西都不能维持过半夜，并警告她，要是她在舞会上延迟了一分钟，她的马车就会变回南瓜，她的马就会变回小老鼠，她的马夫就会变回大老鼠，她的仆人就会变回蜥蜴，她的衣裳也会恢复原状。

088

灰姑娘答应她的教母不到半夜就离开舞会。她出发时欣喜若狂。

王子得到报告，说有一位无人知晓的公主到了，于是就立刻跑出去迎接她。他扶她下车，引她到大厅里，宾客都聚集在那里。

这时人们立刻都安静下来：大家停止了跳舞，弹琴的停止了奏乐，每个人都欣赏着这不知名女子的惊人美丽。除了那"啊！她是多么美丽！"的低语以外，一点声息也没有。

老国王本人也定睛看着她，对王后说，他许久没有看见过这样美丽、这样可爱的人了。

那些贵妇人都仔仔细细地看她的头饰和衣裳，打定主意在第二天仿制，她们准备选最美丽的衣料，叫最好的裁缝来做。

王子请她坐到最尊贵的座位上去，然后请求和她跳舞。她跳得那样的美妙，使大家越发佩服她了。

丰盛的筵席摆下了，王子却一点儿也吃不下，他默默地看着她，他的心已经被她抢去了。

灰姑娘走过去坐在她的两位姐姐旁边，对她们很客气。她把王子给她的橘子和橙子分给她们吃。这使她们很惊异，因为她们根本就不认识她。

灰姑娘和她们谈话的时候，忽然听见钟敲响了，时间已快接近半夜，于是她就向宾客们深深地行了礼，匆匆地走了。

她回到家中就去找她的教母，向她道过谢以后，她说第二天的舞会她还想去，因为王子已经邀请了她。正当她和教母谈论舞会的经过时，她的两个姐姐已经在敲门了。灰姑娘出来开了门。

"你们去了这么久！"她一边向她们说，一边打着呵欠，揉着眼睛，伸着懒腰，好像刚从梦中醒来一般。其实自从她们出门以后，她一刻也没有睡过。

"假如你也在舞会上，"她的一个姐姐对她说，"你就不会觉得疲倦。舞会上来了一位美丽的公主，那种美丽是我从没有见过的。她对我们很客气，还给我们橙子和橘子。"

灰姑娘快乐极了！她问她们那位公主叫什么名字，可是她们回答说没有一个人知道。

那王子还因此非常烦恼呢，他宁愿舍弃一切来知道她的名字。

"那么她是很美丽的啦！"灰姑娘微笑着说，"天啊！你们多么幸福！我不能见见她吗？啊！夏洛特姐姐，你可以把你每天穿的黄色裙子借给我吗？"

"不借！"夏洛特小姐说，"我怎会把裙子借给像你这样的一个煨灶猫？那样，我真是发疯了！"

灰姑娘很愿意被她拒绝，她对于这拒绝很满意，因为假使她的姐姐真的把裙子借给她，反倒使她很为难了。

第二天，两个姐姐到舞会去，灰姑娘也去了，这次比第一次穿得更美丽了。王子一刻也不离开她，不停地向她低声说话。

灰姑娘快乐得把教母吩咐她的话都忘了，她起初还以为连十一点都没到，哪知时钟开始打十二下了。她突然起身，像小鹿一般地奔跑出去。王子追她，可是没有追上。她落下了一只玻璃舞鞋，王子便把那只玻璃舞鞋郑重地拾起来。

灰姑娘到家时，几乎气都喘不过来了，她没有马车，也没有仆从，穿着破衣衫。除了一只玻璃舞鞋外，她的华丽衣服都没有了，另外一只舞鞋也丢了。

王子问守宫门的守卫有没有看见一位公主出去。他们回答说，除了看见一个衣衫褴褛的姑娘出去以外，什么也没有看见，而那姑娘与其说她是一位公主，不如说她像一个乡下姑娘。

两个姐姐从舞会回来，灰姑娘问她们是不是和昨晚一样受到优待，那美丽的公主是不是也到了。两个姐姐对她说是的，可是到时钟敲十二下的时候，她就立刻奔去，奔得那样仓促，把一只小玻璃舞鞋都落下了，那舞鞋是世界上最美丽的。她们又说，王子把那小玻璃舞鞋拾起来，不停地看着，从这点看来，无疑地，他已经爱上那小舞鞋的主人了。

她们的话是对的，因为在几天之后，王子下命令宣布：谁能恰好穿上那只玻璃舞鞋，他就和谁结婚。

他们先给公主们试，然后给公爵的女儿们和宫中的女子们试，可是都不成功。后来，玻璃鞋被拿到灰姑娘的两位姐姐家里去，他们用尽平生之力要把脚塞到那只舞鞋里去，可是终究还是不成功。灰姑娘看着她们，她认识自己的舞鞋，于是笑着说：

"让我看看我可不可以穿上吧。"

两个姐姐笑起来，嘲弄她。

那位被派来试鞋子的人仔细看着灰姑娘，觉得她长得十分美丽，就说他接到命令，任何女子都可以一试，并没有例外的。他请灰姑娘坐下来，把那只舞鞋套上她的脚，他看见她很容易地将它穿上，十分服帖。她的两个姐姐大为惊奇。可是尤其使她们惊奇的是，灰姑娘从衣袋中又取出一只舞鞋来穿在另一只脚上。

这时教母也赶到了，她在灰姑娘的衣裳上用仙杖点了一点，那衣裳立刻变得比从前更华丽了。

这时两个姐姐才认出她就是在舞会里所见的那个最美丽的人。她们都拜倒在她的脚下，求她饶恕她们从前对她的虐待。

灰姑娘扶她们起来，拥抱着她们说，她已经完全饶恕她们了，还要请

她们永远地爱着她。她们引她到青年王子那儿，他觉得她更加美丽了。几天后，他们便结婚了。灰姑娘的善良和她的美丽一样打动人，她叫她的两个姐姐住到宫里去，就在同一天，让她们和宫中的两位贵人结了婚。

卷毛角吕盖

从前有一位王后，生了一个非常丑的儿子。他的丑陋，使人们疑心他不是一个人类。

可就在他生下来那一天，来了一位仙女，一口咬定说会有人爱他的，说他将来长大时一定很聪明。她甚至还说，他得了她所送的礼物，还能够把他的聪明分给他最爱的人。

这些话使可怜的王后稍微得到些安慰，她因为生下这样可怕的一只猴子，实在很痛苦。

仙女的话不错，这孩子能说话以后不久，就说了许多美丽动听的话。他聪明伶俐，一举一动使人喜爱。

对了，他出生的时候，头上生着一小撮突起的头发，就像一个鸡冠，因此大家都称他为卷毛角吕盖。

过了七八年，邻国一位王后生了两个女儿。第一个落地的女儿比白昼还美丽。王后快乐万分，以至于人们替她担心，极度的快乐会对她有害。

这天，在卷毛角吕盖生日那天曾去过吕盖家的那位仙女来了，她使王后大为扫兴，她告诉王后，那第一个女儿长大时一定不聪明，她的愚笨将和她的美丽相等，这话使王后很不高兴。可是没过多少时间，她比之前还痛苦，痛苦得比听了仙女的话还要厉害，因为她生下来的第二个女儿生得异常丑陋。

"你不必忧愁，王后，"仙女对她说，"你的女儿自会得到补偿，她将来会非常聪明，不会使人觉得她不美丽。"

"但愿如此，"王后回答，"可是大女儿那样的可爱，难道你不能赐给她一点聪明吗？"

"我不能给她聪明，王后。因为我没有这个权力，实在不能满足你的要求。"仙女说，"不过说到美丽这一方面，我倒还有点办法。我要送她这样的能力，使她能把美丽给她所爱的人。"

两个公主慢慢长大，各人的天赋都在发展，大家总是谈着大女儿的美丽和小女儿的聪明。她们的缺点也随着年龄日益发展。妹妹一天一天地越长越丑，姐姐一天一天地越长越笨。姐姐跟人说话，不是没话回答，就是说些傻话。她笨到这个样子：如果你叫她拿四件瓷器放到炉架子上去，她总要打碎一半，喝一杯水也总要打翻半杯在身上。

虽然少女的美丽占了许多便宜，可是小妹妹总是超过她的姐姐。

起初，人们总围着这个最美丽的姐姐，瞧着她，惊叹她的美丽。可是不久，他们就离开她到最聪明的妹妹那儿去，听妹妹讲许许多多的有趣的话。

妹妹总能在十五分钟之内就令众人都惊奇起来，而姐姐身边一个人也没有，大家都团团围住小妹妹。年长的姐姐虽然很笨，看到这种情形，心中却极愿意把她全部的美丽换得妹妹一半的聪明智慧。那王后虽然很贤惠，也免不了常常埋怨大女儿的愚笨，因此使可怜的大公主万分忧愁。

有一天，姐姐躲到树林里去痛哭自己的不幸，忽然看见一个丑陋可厌的人走到她身旁来，服饰却很华丽。这就是青年王子卷毛角吕盖。

王子早就爱上她了，当他看见她的画像以后，他就离开了他的国土，一心想去见见她，和她谈谈。能单独和她这样巧地碰到，他快乐得不得了。他恭恭敬敬、极有礼貌地走到她的身边，向她问好以后，他看出她很悲哀，就对她说：

"小姐，我真不懂，像你这样美丽的人，为什么会这样忧愁？我虽然可以夸口说见过千千万万的女子，可像你这样美丽的人，老实说我是从来没见过的。"

"你在取笑我吧，先生。"公主回答。

说到这里，她就说不下去了。

吕盖接着说："美丽有极大的好处，它自然超过其他一切事物。一个人有了美丽，我不知道还有什么东西能使她这样痛苦。"

公主说："我宁愿像你一样丑陋却聪明，可不要像我这样美丽而愚蠢得不得了。"

"小姐，我自知不聪明，不过有聪明当然最好。这种天赋的礼物，我们是有多少都不会嫌多的。"

"这个道理我不懂，"公主说，"可是我知道我很笨，这就是使我忧愁的缘故。"

"如果你的烦恼就是这个的话，小姐，那么我可以解除你的烦恼。"

"那么你打算怎么办呢？"公主说。

"我有一种能力，小姐，"卷毛角吕盖说，"我可以把无限的聪明赠送给我最爱的人。没错，小姐，像你就是这样的人。而愿不愿意完全取决于你自己！你只要肯嫁给我，就可以有许多聪明智慧。"

公主闭着口，不答一声。

"我觉得，"卷毛角吕盖说，"这个提议使你烦恼，不过我倒并不惊奇，你去仔细想一想，一年以后再回答我。"

那公主非常缺少聪明智慧，她又万分渴望得到聪明智慧。她觉得一年太过漫长了，就答应了他的提议。她答应卷毛角吕盖，说在一年后这一天嫁给他。她说完这话，顿时觉得自己已经不像以前那样了。她觉得自己说话非常流利，口齿伶俐，态度从容。

从那时起，她和卷毛角吕盖开始畅快地谈话，她谈话时态度大方，生动活泼，使卷毛角吕盖相信，他给她的聪明，比他自己保留的要多。

当她回宫时，全宫里的人都很诧异，觉得她忽然大为转变，因为她从前出言是很愚笨的，现在却变得非常聪明了。大家都很喜欢她。唯有那位年幼的公主很不愉快，因为她的聪明本来是胜过姐姐的。如今她只剩下可憎的面貌，而没有其他本事能胜过她姐姐了。

国王现在听年长的公主的话了，有时连国务会议也在她的房间里开。

这种转变传出去以后，邻国的王子们都竭力想得到她的爱情，几乎每个王子都向她求过婚。可是她觉得他们没有一个是很聪明的，所以她听了他们求婚的话，一个也不答应。

后来来了一位非常有权势、非常富有、非常俊美的王子，她不由自主地爱上了他。她的父亲看出了这种情形，就对她说，他完全听任她自由选择丈夫，选定以后宣布就是了。人的智慧愈多，决断这样的事愈难。她谢过父亲之后，请他给她些日子去思索。

她偶然走到从前遇见卷毛角吕盖的树林中，默默思索着她所要办的事。

她一边走，一边想，忽然听见一阵阵沉浊的声音从脚下发出来，好像有许多人在来来往往奔走，忙着做事。她仔细一听，听见一个人说：

"把锅子给我。"

另一个人说："把炒锅拿给我。"

还有一个说："在火上加些柴。"

这时土地裂开来了，她看见在她脚下有一个其大无比的厨房，有许多男女厨师和各色仆役，当然是在预备大筵席。不一会儿，走出有二三十个烤肉师，他们走到林中的小路上，留在那儿，站在一张很长的桌子周围，手里拿着猪肉扦子，尖帽子垂到耳朵边，有节奏地唱着嘹亮的歌，开始快乐地工作。

公主看见这种情形，十分惊异，问他们为谁干活。

"小姐，"烤肉师中最漂亮的一个说，"为卷毛角吕盖干活。他明天就要举行婚礼。"

那公主越发感到诧异，忽然她记起来，自从她答应嫁给卷毛角吕盖，到明天恰巧满十二个月了。

她惊慌失措了。因为她答应他求婚时是个愚人，所以记不起来这件事，自从得了他给她的聪明智慧以后，她把以前的愚笨全部忘掉了。

她继续往前走了不到三十步路，卷毛角吕盖就来到她面前。他很快乐，装束得也很华美，全身都洋溢着即将结婚的喜悦。

"你看，小姐，"他说，"我谨守我的话，我也相信你会遵守你的诺言。"

"对不起，"公主回答，"我对于这件事还没有做出决定，而且我还认为，我绝不能这样做来使你满意。"

"你的话太使我惊奇了，小姐。"卷毛角吕盖说。

"我认为，"公主说，"而且确实认为，要是我和一个愚人，一个缺少智慧的人相处，一定会感到非常痛苦的。他可以对我说，'公主是不食言的'，或者'既然你答应过我，你一定要嫁给我'。可是现在和我对话的人，我当然知道他是讲理的。你要知道，当我从前是个愚人的时候，我还不能决定是否嫁给你。自从你给了我聪明智慧以后，使我比以前更难应对这个问题了，今天怎么能决定从前所不能决定的那个问题呢？要是你从前真的要娶我，那么你把我的愚笨去掉，就是犯了个大错误。现在我比从前看得格外清楚。"

卷毛角吕盖回答说："假使一个没有聪明智慧的人得到过那种承诺，譬如像你刚才说的那样，他可以责备你不守约，可是小姐，为什么你说我不能采取同样的方式呢？我一生的欢乐都系在那儿啊！一个有聪明智慧的人，他的条件会不如一个没有聪明智慧的人，这难道是合理的吗？你能说出这样的话来吗？你有这么多聪明智慧，又这样诚恳地希望得到聪明智慧。现在让我们来谈事实吧。请你说一说，除了丑陋以外，我有什么使你不满意的？你是不是不满意我的出身、我的聪明、我的脾气、我的举止呢？"

"一点儿也没有不满意，"公主回答，"你刚才说的，我都十分佩服。"

"如果是这样，"卷毛角吕盖说，"那我就快乐了。你能使我变成世界上最可爱的人。"

"怎样才能变成功呢？"公主问道。

卷毛角吕盖说："假使你十分爱我，而且希望这事成功，你就一定能办成。况且，小姐，你对这件事可以不必怀疑。要知道，当初那位仙女在我降生的时候赐给我一种权力，让我送给我所爱的人以聪明智慧，她也给了你一种权力，你可以送给你所爱的人以美丽，大概你也很愿意把美丽送给我吧。"

"要是这话是真的，"公主说，"我愿意，我全心全意地愿意，我要使你成为世界上最美丽的王子，我要竭尽全力把这礼物送给你。"

公主说了这话不久，便看见卷毛角吕盖顿时变成一个她从来没有见过的世界上最美丽最可爱的人。

有些人说，这不是神力，只是爱情的结果。他们说那公主想起了他的恒心、他的谨慎、他灵魂上和智慧上的一切美质，就再看不见他身上的缺点和脸上的丑陋了。他的驼背，在她看来只不过像人们耸肩一样；她不觉得他瘸腿走路难看，在她看来，这正像侧着身子一样好看；别人还说他眼睛是斜的，可是在她看来，这很有光彩；而他的不聚焦的眼神在她看来正是热情的象征。最后，他那个又大又红的鼻子，在她看来却是充满英雄的气概。

不管他怎么样，只要得到她父王的同意，她就立刻答应嫁给他。国王知道他的女儿看中了这位卷毛角吕盖，而且知道他是以聪明智慧出名的，就很快乐地答应他做自己的女婿。

第二天，婚礼便举行了。这正是卷毛角吕盖从前所盼望的，而且这婚礼是完全照着他好久以前下的命令安排的。

林中睡美人

从前有一位国王和一位王后，他们因为没有孩子，心里很忧愁，忧愁得没法形容。他们走遍了四海，立愿，进香，什么都做过了，可是一点儿效果也没有。

谁知后来王后竟怀孕了，生了一个女儿。他们举行了一个盛大的洗礼仪式，把国内的七位仙女都请来做小公主的教母，七位仙女按照当时仙女的礼俗，每人要送她一份礼物，这样，小公主就可以拥有一切无上的完美了。

行过洗礼，大家都回到王宫里，那里安排了盛大筵席宴请诸位仙女。她们每人面前都有一副极体面的食器：一个大的金匣子，其中有一把调羹、一柄餐叉和一把纯金的小刀，那小刀上还镶着金刚钻和红宝石。可是当她们坐下来的时候，忽然来了一位老仙女，她没有被邀请，因为五十年来，她从来没有离开过她居住的塔，大家总以为她不是死了，就是被邪法迷住了。

国王吩咐为她安排餐具，可是没法给她和别的仙女一样的金匣子。因为他们只制了七副，专为那七位仙女制作的。那位老仙女以为他们看不起她，于是嘴里就说出些威吓的话来。其中有一位年轻的仙女恰巧坐在她旁边，听到了她的话，怕她要降些灾祸给小公主。于是等到筵席一散，她就躲在壁幔后面，想最后发言，尽她的能力设法补救那老妇人所降的灾祸。

这时候，那些仙女开始赐福给公主了。那最年轻的仙女的礼物是使她成为世界第一美人；第二个仙女的礼物是使她有天使的智慧；第三个仙女的礼物是使她所做的一切都有杰出的风度；第四个仙女的礼物是使她能很优美地舞蹈；第五个仙女的礼物是使她有夜莺一般的歌喉；第六个仙女的礼物是

使她拥有演奏各种乐器的技巧。然后轮到那老仙女了，她一面说一面摇着头——这是因为怨恨，而不是因为年老。她说那公主将被纺锤刺破手，因此而死掉。

这可怕的礼物使大家都为之颤抖，没有人不因此落泪。这时，那年轻的仙女从壁幔后面走出来，高声说道：

"你们安心吧，国王和王后，你们的女儿绝不会因此致死的，固然我没有能力把前一位所说的话——公主将会被纺锤刺破手——完全推翻，可是她不会死，她只是会沉睡一百年。一百年后，有一位王子会来使她苏醒。"

国王为了避免那老仙女说的不幸的命运降临，立刻发了一道圣旨：禁止任何人用纺锤纺线，或者在家里藏着纺锤，违者一律处以死刑。

十五年以后，有一回国王和王后到他们的一座城堡去，事情就发生了。那位公主在城堡中跑来跑去，从这一间屋子到那一间屋子，一直到了一座塔的顶上。她走进一间房间，在那里有一位善良的老婆婆独自坐着，在用纺锤纺线。这善良的妇人从来没有听见过国王关于纺锤的禁令。

"你在那儿干什么，我的善良的老妇人？"公主问她。

"我在纺线，我美丽的孩子。"老婆婆回答，她不知道公主是谁。

"啊，这样好玩！"公主接着说，"你是怎样弄的？拿来给我，让我试试看能不能像你这样。"

她迫不及待地把那纺锤拿过来，拿了一会儿，果然应了那老仙女所预言的话，她被纺锤刺破了手，晕倒了。

那个老婆婆吓坏了，高声喊救命。众人从各处赶过来，用水洒在公主脸上。他们解开她的衣服，拍她的手，用药水擦她的太阳穴，可是都不能使她醒过来。

国王在嘈杂的人声中跑到楼上，记起了那仙女的预言，就猜到一定有什么事应和了仙女的话发生了。他吩咐人把公主抬到宫中最精致的一间房中，放在一张金银镶镂的床上。谁都得说她是一位天使，是那样的可爱，她的长眠对于她美丽的容貌毫无损害：她的脸上还是红红的，嘴唇和珊瑚一般美丽，她只是闭着眼睛，人们可以听到她在微微地呼吸——这就可以表明她没有死去。

国王吩咐让她安睡，直到她重新苏醒过来。公主出事的时候，那位救她的命、预言她将长睡一百年的好仙女正在马达干王国里，在一万二千法里以外，但是她立刻从一个侏儒那儿得到了消息，那侏儒有双七法里靴子（就是穿了这双靴子，跨一步有七法里那么远）。

这位仙女立刻动身，乘了一辆群龙驾着的车子在一小时之后就赶到了。国王前去迎接她，扶她下车。她对于他所做的一切都很同意，可是仙女是有先见之明的，她想到当公主忽然苏醒时，如果这古堡中只有她孤零零的一个人，她一定会感到非常痛苦，于是就做了以下的布置。

仙女用她的仙杖将城堡中人都一一点过（除了国王和王后）：女教师、侍女、侍从、官员、御厨、哨兵……她把厩中的马都点了，还有那些马夫、院中的大狗和小波夫（公主的小狗，它正睡在她的身旁）。她的仙杖点着他们时，他们就都睡过去了，要到公主醒来时他们才会醒，因为等她醒来时他们可以服侍她。就连那架在火上、插着鹧鸪和山鸡的熏烤串也睡了过去，火也沉沉地睡着了。在片刻之中一切都安排停当，仙女们做事不会费许多工夫的。

这时国王和王后吻过他们的爱女，没有惊醒她，然后就离开了城堡。回到京城以后，他们又发了一道不准任何人到那里的禁令。这禁令是没有必要的，因为在一瞬间，花园的四周长出许多的树木，大的，小的，有钩的，有刺的，互相盘结着，人犬都不能通过，这样一来，除了城堡的塔尖

外，什么都不能看见，而且就连那塔尖也只有在很远的地方才可以看见。这无疑是出于一种神力，这样一来，公主可以在长睡的时候不被过路人的好奇心所惊扰了。

过了一百年，有一位和睡着的公主不同族的王子来到附近打猎，他向人探问他所看见的、在森林中树梢顶上露出来的塔尖是什么。于是每个人便照各自听到的话来讲给他听：有的说这是住着鬼怪的古堡；有的说里面住的是一群妖精，他们把捉到的孩子都带到那儿去随便吃掉，因为只有他们能穿过树林，别人不能追他们。

那位王子不知道该相信哪一个说法好，这时有一个老农对他说：

"我的王子，在五十多年前，我曾听父亲讲过，在这城堡中有位非常美丽的公主，她需要睡一百年，然后会有一位王子来将她唤醒，她是在等候这位王子。"

那青年王子听了这些话，很想去看看。他毫不迟疑，相信他能完成这场美丽的冒险，而且为爱情和荣誉所驱使，他决定立刻去看看里面到底是什么。

他走到了树林前，那儿的大树和荆棘都让出一条路来让他过去。他向城堡中走去，这座城堡是他在树林边看见的，更使他惊奇的是，他觉得没有一个人跟着他进来，因为在他经过后，那树林又合拢了。他继续前进，年轻又多情的王子总是十分勇敢的。他走进一所大庭院，在那里看见的一切使他感到恐惧，热血都几乎冰冷了。到处都静得可怕，到处呈现着死亡的景象，除了人和狗的躯体以外，没有别的东西。当他发现一个卫兵生疱的鼻子和红色的脸时，他才知道他们不过是熟睡着，他们的酒杯中还残留着几滴酒，只有这些可以证明他们是在饮酒时睡过去的。

他穿过一个大理石铺砌的天井，上了扶梯，走进大厅，看见卫兵整齐地列队站着，背着枪，在高声地打鼾。他走过了许多地方，到处都是熟睡着的达官贵妇，有的站着，有的坐着。他走进了一间金碧辉煌的房间，在一张挂着锦帐的床上，他看见一幅他从来没有看见过的美景：一位约莫十五六岁的公主，美丽的容貌容光焕发，神态庄严。他战战兢兢、满怀赞叹地向前走去，在她身旁跪了下来，轻吻了她的额头。

这时仙术已被解除，公主醒过来了，她温柔地看着他，似乎很满意的样子。

"是你吗，我的王子？"她对他说，"让你久等了。"

王子被这些话迷住了，尤其使他着迷的是她说话的态度，他竟不知道怎样来表示出他的快乐和他的感激。他郑重地对她说，他很爱她，比爱他自己更热烈。他话说得很少而且语无伦次，但却充满爱意。他比她更害羞。大家可不要奇怪，她想了好些时候，应当对他说些什么。在她的长眠中，那位好仙女给了她许多快活的梦境，这是显然的（虽然故事里没有说起）。总之，他们谈了四个小时，却还没有说完他们要说的话的一半。

那时城堡里的人畜都和公主同时醒来了。每个人都想起了自己的职务。因为他们并不都是陶醉在爱情里的，所以都几乎饿得要死了。官员们和他们一样饿，忍耐不住，就高声地向公主喊道：用餐时间到了。王子扶着公主起身，她穿着华丽的衣服——他不敢对她说她打扮得像他的祖母一般——她的古式的皱领很高，不过并没有因此减少丝毫的美丽。

他们走到一间四面都是镜子的厅中，然后就在那里进餐，公主的仆从侍候着他们。提琴和笛子合奏着古曲，非常优美，虽然这曲子已经有一百年没有人奏过了。餐后，为了不浪费时间，大总管立刻为他们在城堡内的小教堂里举行婚礼，侍女替他们把帷幕拉开。他们睡的时间很少，因为公主已经睡够了，不想再多睡，一到天明，王子便告别了她回到自己的王宫去，他的

父亲正在想念着他。

王子对他说，自己打猎时在树林中迷了路，睡在一个烧炭夫的茅屋里，那烧炭夫请他吃黑面包和干酪。那国王——他的父亲——是一个老实人，于是相信了他。可是他的母亲生性多疑，她发觉王子差不多每天都出去打猎，而每一次出去总是找些话做借口，两三个夜晚不回家。她怀疑他已经有情人了。他和公主同居了两年多，有了两个孩子：大的是女孩子，名叫晨曦；小的是男孩子，名叫白昼，他比他的姐姐还要美。

那位王后为了得到王子的一些实话，常常对她的儿子说，他应当有爱人了，可是他总不敢把自己的秘密告诉她。他害怕她，虽然他也爱她——因为她是妖精族的人，国王和她结婚，就因为贪恋她家族的财富。别人甚至在王宫里也低声谈论，说她有妖精的嗜好，说她看见小孩子走过，控制不住自己就要去抓他们。因此王子始终不敢向她提起自己的事。

两年以后，国王死了，王子继承了王位，觉得自己已经做了主人，于是就公布了自己的婚事，隆重地去迎接王后——他的妻子——到宫中来。她坐在她的两个小孩子之间，很体面地进了王城。

后来国王去和邻国的孔塔拉比大帝打仗。他把国政交给他的母后管理，郑重地把他的妻子和孩子托付给她，因为他整个夏天都要在战场上。他一走，那母后就把她的儿媳妇和孩子们送到林中一间村舍里，这样她就可以格外容易地满足她那可怕的欲望。几天之后，她也到了那儿去。一个晚上，她对她的御厨总管说：

"我明天要把小晨曦当中饭吃。"

"啊，夫人！"御厨总管惊呼起来。

"我就要这样，"那位母后说（而且她说话用的是妖精看见鲜肉时忍不住流口水的语气），"我要把她用辣酱来蘸着吃。"

那可怜的人很容易就看出来，这妖精不是说笑话，于是就带着刀来到小晨曦房中。她那时已经有四岁了，跳着、笑着来到他面前，一双手攀住了他的颈项，向他要糖果吃，他不由得落下了眼泪，刀子便从他手中落下来。于是他回到厨房天井里，宰了一只小绵羊，用美味的酱调和着。那位母后对他说，她从来没有吃过这样好吃的东西。总管将小晨曦带走了，交给他的妻子，把她藏在厨房天井尽头处他妻子所住的小屋中。

一星期后，那位恶毒的母后又对御厨总管说：

"我要拿小白昼来当晚餐。"

他不说什么，决定照上一次的法子骗她。他去找小白昼，看见他手里拿着一把花剑，正和一只大猴子打闹，他只有三岁。他把小白昼带到妻子那儿，藏在小晨曦藏着的地方，然后烧了一只很嫩的小山羊代替小白昼，这道菜被那妖精看作美味珍品。

一切都很平顺地过去了，可是有一晚，那恶母后又对御厨总管说：

"我要吃那王后，用上次吃孩子用的酱来调味。"

这一次那可怜的御厨总管不能再骗恶母后了。王后已经二十岁了，那沉睡中的一百年当然不算。她的皮肤洁白而美丽，却有点儿老，他从什么兽园中可以找到一头动物去代替她呢？他决定了，为了保全自己的性命，他不得不去把王后的头割下来。于是他跑到她的住处，准备立刻照决定的去办。他握着一把刀，一鼓作气地进了王后的房中。然而他不愿突然地杀死她，便非常恭敬地把她的母后的命令告诉她。

"照你的本分做吧，"她说着把脖子伸过去，"执行她的命令吧。让我可以再看见我的孩子们，我疼爱的可怜的孩子们。"因为她的孩子们被他无故带走以后，她以为他们早已死了。

"不不，王后！"那可怜的御厨总管泪流满面地回答说，"我不要你的命，我要让你重新看到你的孩子们,你可以到我的家里去,因为我把他们藏在家里了。现在,我要再骗一次老王后,给她烧一只小红母鹿来代替你。"

他立刻带她到自己的住所去,让她在那儿和她的孩子们拥抱哭泣。他去烧了一只红母鹿,让恶母后在晚餐的时候吃,她就跟真的吃青年王后一样津津有味。她对于自己的暴行很满意,并且打算等国王回来时,告诉他说,有几只凶猛的豺狼已经把王后——他的妻子——和他的两个孩子吃了。

有一晚,她照常在宫中的院子里和家畜场的四周徘徊,去闻些生人气味,她无意中听到一间矮屋中有小白昼的哭声,原来王后——他的母亲——因为他顽皮打了他。她还听到小晨曦为她弟弟讨饶的声音。那妖精听出是王后和她的两个孩子的声音,知道先前受了欺骗,心中大怒,第二天一早,她下了一个使任何人听了都要震惊的命令:她吩咐人把一只大桶运到院子当中,桶中放满了癞蛤蟆、蝮蛇和蟒蛇,要把王后和她的孩子们、御厨总管和他的妻子,以及他们的使女都投到那大桶中去。她命令把他们反绑着手带过去。

他们都站在那儿,而那些执行死刑的人也正预备将他们抛进大桶中。恰在这时,国王骑马走进宫来(别人都以为他不会这么早回来的)。他下了马,大为惊异,忙问这可怕的情景是什么意思,没有人敢告诉他。这时那妖精看见国王已经回来,气急败坏,便自己返身投到大桶中去,片刻之间,就被那些她早先叫人放进去的可怕东西吃掉了。国王不禁十分伤痛,因为她是他的母亲,可是不久他便在他的娇妻和爱子身上得到了安慰。

[法国]沙尔·贝洛著,戴望舒译,选用时有改动。

列那狐的故事（节选）

初试锋芒

大灰狼夷桑干和他老婆埃桑德，还有小狼崽子，一顿晚饭就吃了一只羊。一家子狼吞虎咽，啃骨吸髓，什么都没剩下。幸好埃桑德太太把羊腰子和羊肝事先留了出来，好给大灰狼明天早晨出门打猎的时候垫垫肚子。

"笃！笃！笃！"忽然有人敲门。

夷桑干说："咱们刚美美地吃了一顿，正该打个盹儿睡一觉，偏偏这会儿有人来串门，真不是时候！"

他老大不乐意，嘀咕着走去开门，一瞧外面，顿时容光焕发，喜形于色：原来是他外甥，列那狐！但是瞧他那副倒霉相，戗着毛，两手空空，眼神无光，鼻尖干涩，耷拉着耳朵，怪可怜的。大灰狼惊叫道：

"哟！外甥！你难道病啦，看上去气色挺不好。"

"可不是，老舅！病啦，病得打昨儿早晨起就没吃东西。"

"快，快，埃桑德！"大灰狼吩咐道，"把留给我明天吃的羊腰子和羊肝，做给外甥吃吧！"

"不用，不用，谢谢啦，我不饿！"

说话间，列那狐拿眼睛瞄着屋角上吊着的三条羊腿，又鲜又嫩，老远就能闻到香味，真巴不得立刻分享一份，尤其是从昨天起他真的没吃过一点东西。整天在树林里转，在旷野上跑，找不到什么可以充饥的东西，此刻又饿又乏。

打心眼里说，他宁愿吃一条羊腿，也不要一堆羊腰子、羊肝的。可是大灰狼压根儿不提羊腿的事儿。

埃桑德太太很快把腰子呀肝的做好端来。列那狐三口两口就吞进肚里，可心里还一直惦记着羊腿，便抬头望望屋角，装作突然看见似的，说道：

"好啊，老舅，你们挂着的几条羊腿真是好得呱呱叫！不过，你们不该挂出来给人看到。万一偷东西的，一下子来了，一下子又走了，你们跟羊腿，就算再见啦！再说，有什么朋友呀，亲戚呀，想要一片尝尝，总得给吧。我要是你，就全留给自己，把羊腿藏起来，推说给偷走啦。"

"外甥，谁要能偷走这几条羊腿，算他有本事！更不要说开口来要了，谁要也不给！就是爷娘老子，兄弟姐妹，宁可让他们活活饿死，也不给他们吃上一口！"

"说得对！"列那狐顺着大灰狼的口气，"可是你那么善良，心肠一软，就会去割一片，再割一片，一片又一片，羊腿就给分完了，还能给自己剩下什么呢？我要是你，就把羊腿藏在谁也找不到的地方，想吃的时候就跑去吃一通，对别人就说羊腿给偷走啦！不过，你爱怎么办就怎么办，你们比我这可怜的狐狸要聪敏得多哩！"

说罢，狐狸就告辞了。

其实，他没走远，就拣一丛矮树躲了起来，等天黑透了，才偷偷溜出来，踩着小碎步，挨近大灰狼家的门口。他侧耳一听，大灰狼全家都已睡得鼾声如雷。列那狐屏息静气，悄没声儿地轻轻跳上屋顶，在挂羊腿的地方扒开茅草，解开吊绳，把羊腿提回了家。

他老婆艾莫丽和一帮小狐狸，见他带了美味回来，都兴高采烈。个个嘴尖齿利，嚼了个痛快，吃剩的便藏在床垫子下面，等明天有胃口再吃。

第二天清早，天刚蒙蒙亮，大灰狼醒来了。看到屋顶上有个窟窿，挂羊腿的地方空空如也。他揉揉眼睛,以为自己眼花了,但是再揉也没用,屋顶上确确实实有个大洞,挂羊腿的地方已空荡荡的了。正当大灰狼捶胸顿足,埃桑德太太呼天抢地,小狼崽子鬼哭狼嚎的时候,列那狐光临了,问他们干吗哭得那么伤心,是没了爹娘,还是死了兄弟姐妹或儿子闺女。

"我那羊腿!"夷桑干嚷道。

列那狐假装才看见屋顶上的洞,羊腿不见了,便挤出一声干笑来:

"哈,老舅!不错,就该这么说!"

"我那羊腿,我那羊腿……"大灰狼猴急地叫道,"给人偷啦!"

"啊,老舅,你真会使乖!是的,就该这么说——给人偷啦!这么一来,谁也没法儿问你要了,你就可以留给自家独享啦!"

"哎,我跟你说,羊腿真的给偷走啦!"

"不错,不错,老舅!你就该一口咬定,总这么说,人家就会相信,羊腿真的给偷走啦。"

"你没瞧见?"埃桑德太太抽抽噎噎地说,"那个贼,为了把羊腿提走,竟开了这么大一个窟窿!"

"嗯!"列那狐点点头说,"这窟窿开得挺不错,别人真会相信是小偷开的呢。但你们尽可以开得小一点,因为弄不好,兴许会把你们也提走,送到肉铺里去呢。总而言之,最要紧的,是你们把羊腿藏起来了,谁也摸不着啦!"

"外甥啊,外甥,我这么说你都不信,我可真要生气啦!"

"啧啧,老舅!你们这么说,别说是我了,比我再狡猾的,也会信以为真,相信羊腿给偷走啦!得啦,得啦!你们可以痛痛快快大嚼一通啦,但是,羊腿藏在什么地方,可千万不能告诉别人哟。再见啦!"

列那狐得意扬扬地走啦,他不仅骗了大灰狼,吃了他家的羊腿,最开心的，是把大灰狼还奚落了一番。

爱听吹捧的乌鸦

在清泠泠的小溪旁，有一片绿茵茵的草地，草地上挺立着一株高大茂密的山毛榉。

繁花绿草，景色宜人，列那狐跑到这里，心旷神怡，禁不住想跳到欢腾的溪水里洗个干净澡。他出浴上岸，为让身上干得快点，便在青草地上打滚儿玩。

他本想舒舒坦坦睡一会儿，无奈饥肠辘辘，先得找点吃的填填肚子。前面不远处有个庄户人家，主妇正把做好的干酪相继拿出来晾晒。刚做好的干酪，叫人看了特别眼馋。乌鸦吉失灵闻到气味，尽在上空转悠，不肯离去。

那农妇一点儿不提防，径自进屋去了。吉失灵翅膀一闪，飞箭般扑向干酪，用爪子紧紧抓住一块就溜。

农妇正巧从屋里出来，看到真赃正贼，便朝半空喝道：

"你这飞贼，快把干酪给我放下！"说着捡起石子便扔，但哪里打得中。吉失灵攥着赃物，嘿嘿笑道：

"婶子，自己看不牢，别怪别人捞！这块干酪，要是有人问起，就说吉大爷叼走啦，拿去享用享用。

"你的干酪里，就数这块做得软硬适宜，不干不稀。婶子，我吃起来，一定会想到你的好手艺。但愿这干酪的味道也跟成色一样好。至于你嘛，把其他干酪看看牢才是正经！"

瞧见那株枝叶茂盛的榉树，吉失灵拣高枝一蹲，吃将起来。树脚底下，正好坐着列那狐，在盘算怎么骗顿饭吃吃。

乌鸦的硬喙在干酪上"突突"两下，啄下一大角来。但啄得重了点，还啄出几星碎屑，正好掉在狐狸的鼻尖上，这家伙一看就知是什么啦。可怜他饿得直打呵欠，见到碎屑，便想探明是从哪里来的——别人有美味佳肴，他却没有一点份儿！透过密密层层的树叶，他看到乌鸦正在吃偷来的干酪，一小口一小口品着味儿！

"哎，怎么，"列那狐先打招呼，"我抬头一看，原来是你老兄啊！

"愿老天保佑你，愿上帝接纳你父亲的亡灵。令先尊霍哈勋爵，唱歌堪称一绝，像他那样嘹亮的嗓子，我再没听到过。

"你也一样吧，我要是没记错，你从小就擅长唱歌。你的嗓子还那么好听吗？能不能一展歌喉，唱两句给我听听？

"不才我算得是个歌迷。能聆听你的妙音，其乐何如！"

给这么一捧，吉失灵无须别人多请，就"嘎——嘎——"叫了几声，算是报答知音的赞赏。

"特别棒！"列那狐啧啧称赞，"真该刮目相看喽！但我觉得你似乎还可以唱上去，高八度。"

吉失灵一向自诩为歌王，便提起精气神儿，又喊了一嗓子。

"更妙啦，"列那狐瞎鼓噪，"音色是那么纯净。你如果忌口不吃核桃，嗓音会更华丽，音域会更宽广。

"听你歌一曲，赛过活神仙！能再唱两句吗？"

听到撩拨他虚荣心的话，吉失灵怎么撑得住呢？他很高兴亮亮嗓子。他唱得那么忘情，无意中爪子一松，干酪滑掉了，不偏不倚，恰好落在列那狐爪子上。

但这一位可谓老谋深算，他这顿饭就要吃个全，所以，唾手可得的干酪，他碰都不碰，反而挪动身子，瘸着腿一拐一拐走开几步。

"唉，"狐狸叹起苦经来，"我这阵子真不大走运。前几天脚爪划破了，只好窝在这里养养伤。听你歌声曼妙，才稍舒我心头的烦恼。

"可是，你瞧，不知什么劳什子掉了下来，这气味真够呛，我闻都闻不得。

"而这要命的爪子，一沾地就痛得要命，想走也走不远。劳驾帮个忙，不然真要把我熏死了，请飞下来，替我把这东西拿走，你不是挺喜欢这个有羊膻气的玩意儿吗？"

吉失灵舍不得那块干酪，马上飞了下来。脚刚沾地，心里顿起疑心，踟蹰不前了。

"怎么？"列那狐柔声细气地说，"你还怕我，我动都动不了啦！"

"谁怕呀？"吉失灵硬逞强称豪，往前走了两步。

列那狐没耐心再等了，一纵身，向乌鸦扑去。但吉失灵还要远开那么一点点，便扑棱棱飞跑了，残留了四根羽毛，还有那块干酪。

"啊，我防着一点，倒防对了。"吉失灵返回本不该离开的树枝，查点损失情况，"我翅膀上、尾巴上有四根漂亮羽毛给你抓掉了，你这奸贼，猾狸，棕毛鬼！我真昏头了，会相信你的胡说八道，生了恻隐之心！"

看到吉失灵气呼呼的，列那狐想该先安抚一下，把差点要了乌鸦性命的举动说成不过是动作孟浪了点。但吉失灵不会上第二次当了。他啐了一口：

"这块干酪，就算奉送了。你有这个嚼嚼，可以心满意足啦！别做美梦，把我当你盘里的菜啦！你再哭，我也不会相信你的眼泪了！"

狐狸耸耸肩道：

"得啦，得啦，那我就将就将就，对付对付这块干酪吧。如此美味，难得一尝！”

吉失灵怒冲冲地飞走了，列那狐美滋滋地吃起来。美中不足的是干酪干巴了点，再就是为吉失灵的事好生后悔，倒不是后悔伤了友情，而是没有吃到想象中的美味——乌鸦肉！

狐狸失策

今儿早上，大黄狗寇多哇吃了一顿精美的早点。还有一长条圆鼓鼓的大腊肠（由于与本故事无关的某种原因，东家认为自己不吃为妙，赏给了他）。

打杂的男仆把腊肠拿到寇多哇面前，让他反复观赏，还让他闻闻香味。大黄狗高兴得摇头摆尾，快活得高声尖叫，等着把归他名下的腊肠恩赐下来，哪知可恶的女用人跑来将肠子一把夺走，放在高高的窗台上。

“现在太早了，”她口气很专横，“待会儿再给他！”

寇多哇惦记着这味美食，馋涎欲滴。但身子给链子锁着，能有什么办法呢？呜咽几声之后，他只好默默忍受，趴在地上挨时间。

那大腊肠，还热烘烘的，香味儿飘得特别远。列那狐适逢其会，在这一带闲逛，嗅了嗅空气：“咦，好香呀！”

他又好奇又特馋，想走近去看看，兴许在这诱人的肉味周围，碰巧能弄到一顿中饭。他没走几步，见到猫伯伯蒙贵在树脚下打瞌睡。

“喂，这一阵阵朝我鼻孔直冲的香味儿，”狐狸问，“是不是从你府上飘出来的？”蒙贵眼睛睁开一条缝，脸一仰，就露出一副机灵相。他辨了辨风向：

"嗯，不错，这香味儿，是下人们在替我准备中饭呢。"蒙贵又很斯文地加上一句，"阁下倘肯屈尊随我来，说不定还有详情奉告。"

蒙贵不慌不忙，回身往住处走，列那狐见机跟上。他们还没到，就听见寇多哇在哼哼唧唧：

"啊，美哉大腊肠，你要是能生脚走下来，我才喜出望外呢！"

"怎么啦，寇多哇？"蒙贵出于礼貌，赶上一步探问道。

寇多哇马上把事情经过一五一十告诉蒙贵，说女用人多霸道，人家已把腊肠放在他鼻子底下让他闻香味，她却急忙跑来收起肠子，搁到他够不着的高处。

"不过，她倒跟我说定，"寇多哇继续说，"这腊肠是我的中饭。"

蒙贵跑回去找列那狐，狐狸一见蒙贵，就咬着他耳朵说：

"依我看，猫伯伯，这寇多哇也够狂的了。你听他是怎么讲这中饭的！好像家里就没你这个人似的。

"我倒有个主意，你若肯助我一臂之力，那腊肠稳可以弄到手，咱们再跑回刚才你休息的大树下，平分秋色，共进午餐，如何？"

蒙贵觉得这想法要得，两人就开始想计谋。最后商定：蒙贵先进屋去，跳上窗台，把腊肠推下去，列那狐等在近旁，一抢到手，就跑到稍远一点的地方，等他的同党，一起坐地分赃。

一切都像预计的那样，经过的情况好得不能再好。但寇多哇一看中饭给列那狐抢跑了，惶急起来，叫得差不多连气都要憋住了。蒙贵看到列那狐没命地跑，心想这家伙不要不地道，过河拆桥，便大声对寇多哇说：

"我去追那个贼，替你把肠子夺回来！"

列那狐固然狡猾，但蒙贵更为机敏。他抄一条近路，等列那狐以为胜券在握，腊肠可以独吞时，突然看到自己地下的身影里，还幽着蒙贵的影子，原来这老兄已经悄没声儿地贴着他跑了一阵了。

列那狐这一惊非同小可，但他不动声色，只是琢磨怎么把这不知趣的家伙打发掉。蒙贵也在拼命动脑筋。最后，还是蒙贵先开口：

"上哪儿呀？咱们到哪里去共享大腊肠呀！唉，像你这样拿法，再跑下去，咱们就甭吃啦！你用牙咬住，肠子上都沾了你的口水；两头又拖在地上，满是尘土。叫人看了都恶心，真是！至少该让我做个样子给你看看，知道怎么拿法。"

这层愿意效劳的意思，列那狐很不领情。他总以己度人，怕别人也包藏祸心，耍弄诡计。他又打量了一下蒙贵，心想蒙贵扛上这么大一条腊肠，要逃也逃不过他呀。这样考虑之下，他才勉强答应他同党的提议。蒙贵接过腊肠，以高雅的姿势拎起一头，再灵巧地一甩，把肠子撂在自己背上，这样就不再拖在地上了。

"看到了吧，"蒙贵说，"等我拿累了，你就照这法子拿。你瞧，我没用嘴咬，这干净多了。

"咱们走吧。到那里去吃，到前面的小山冈上，这样，看得清周围的情形，好防备别人的进袭。"

不等狐狸表示可否，蒙贵飞快狂奔起来，叫列那狐一阵好撵。

小山冈上竖着一个十字架。列那狐跑近时，看到蒙贵已高高在上，蹲在十字架的横臂上。

"你待在上面干吗呢？"列那狐心里很恼怒，"快下来，咱们对半分。"

"干吗下来呀？"蒙贵拿腔拿调的，"还是劳你大驾上来，上面更加风光。"

"别废话，这么高我爬不了，"列那狐气呼呼地说，"你不能不讲信义。再说，这腊肠是教士念经祝颂过的圣物。快扔一半给我。"

"怎么，你喝糊涂啦？"蒙贵带着揶揄的口吻，"这条腊肠如果是圣物，就更该在此地，在十字架上享用。趴在地下吃，岂不罪过？"

"罪过不罪过，是我的事，"列那狐声嘶力竭地嚷道，"你只管把我的一份扔下来。"

"要说野蛮，你真够野蛮的了，"蒙贵开口训他，"把好好的东西往地上扔？我简直不相信自己的耳朵啦！

"再说，把整条腊肠，两半分开，有多可惜！这样吧，咱们订个君子协定。等下次再弄到腊肠，就全归你，我一丁点儿都不要，这还不行？"

"蒙贵，蒙贵，"列那狐带着怪怨的口气，"你要是连小小一段都舍不得分给我的话，真不够朋友。"

"列那狐，列那狐，"蒙贵学着狐狸的口气，"我才够朋友呢，我把下次的腊肠整条都奉送给你，既新鲜，又干净，既没沾过你的口水，也没扑满地上的灰沙。而这条不怎么样的，留下归我，还不够交情？你呀，列那狐，真不知好歹！"

蒙贵不愿再费口舌，便吃将起来。弄到这局面，列那狐只有抹眼泪哭鼻子的份儿了。

"哟，你是为你的种种罪孽痛哭吧！"蒙贵顾左右而言他地说，"我要为你高兴。看你悔恨之意那么强烈，上帝一定会宽宥你的罪过的。"

"你来取笑我，就不对了，蒙贵！你好好想一想吧，等会儿口渴了，你难道还高踞在上，不跳下来？"

"跳下来喝水？"蒙贵故作惊讶地问，"你别存这个念头啦。这里，在我身旁，石条上正巧有个凹坑，积满了上次的雨水。你看，上帝心地多好，真是慈悲为怀！"

"反正你迟早得下来。老子就在这儿坐等！"

"等多久啊，狐狸先生？"

"等上几年都行。我发誓等足七年！"

"七年……噢，我倒要可怜你了，"蒙贵神情惘然地说，"你想想看，七年里，你空着肚子，颗粒不进……但你既然发了誓，只好一动不动干等啦。"

蒙贵若无其事地又大嚼起来，列那狐压了一腔怒火，气鼓鼓地望着他。

突然，狐狸竖起耳朵，神态惊疑不定。

"蒙贵，"他喊道，"你听听看，是什么声音？"

"哟，妙乎……妙哉！"蒙贵一听，叫了一声，暗自高兴，"多半是迎神赛会，他们还在唱圣诗呢。这有多悦耳哟！"

然而，列那狐听得很分明，从远处传来的，是汪汪汪的狗叫，而不是唱诗班的赞歌。狐狸准备溜了。

"哎，别走哇，"蒙贵喊住他，"上哪儿去？"

"我暂且告辞。"列那狐悻悻地说。

"刚发的誓，就不记得啦？不是要等足七年吗，列那狐？怎么能说话不算数，自食其言呢？"

但狐狸顾不得多听了，扭头就逃。

爱管闲事的黑尔懵

列那狐斜看了一眼，看到天上有两只乌鸦。他认出是黑尔懵和她丈夫秃老鸹。

"明天的吃喝有啦，"狐狸喜在心头，"而且碰上过节，正好把这两个家伙打进我们的菜谱里去。但，两个，怎么才能把他们双双捉到呢？"

他踩着小碎步，颠儿颠儿的，希望颠颠跑跑中蹦出个念头来。他走进一片碧草连天的小树林，突然福至心灵，得了个主意。他又跑上几步，往地上一倒，四仰八叉地瘫在那儿，舌头伸在外面。

这可说是他的故技了，已屡试不爽，相信还会奏效的。

乌鸦太太黑尔懵第一个瞥见列那狐，忙指给秃老鸹看。

"你瞧，躺在那儿的，不是列那狐吗？看样子好像一命归阴了。"

秃老鸹比较有头脑，不那么轻信："我昨天还看到他活得好好儿的呢……"

"死神是不速之客，说来就来的，"黑尔懵用怜悯的声调说，"瞧他那样儿，像是死定了。"

"会不会是睡觉？"秃老鸹这么提示。

"绝不是。闭目而睡，还是瞑目而逝，这我分得清。秃老鸹，你信我的，列那狐肯定一命呜呼了，待我飞近去看一下。"

"还是谨慎一点好，"秃老鸹劝阻道，"要知道列那狐那家伙挺鬼。"

"再鬼，这回也活不成了……"黑尔懵嘿嘿一笑，"我先飞过去，瞧瞧他的样子。"

说着她就往下飞去。乌鸦先生胆小，就在上空盘旋。黑尔懵把翅膀又噗噗扇动两下，挨近列那狐身边才站住。

狡猾的狐狸，屏声敛息，连大气都不出一口。

看到列那狐纹丝不动，黑尔懵胆气更壮了，想听听他还有没有鼻息，便把脑袋凑过去，伸到狐狸牙口大开的嘴边。说时迟那时快！一刹那间，可怜的黑尔懵丢了脑袋，当然也丢了性命！

秃老鸹急得连叫带哭，在上空悒悒低回，悼惜遭难的伴侣。列那狐还无情无义地冲着他说："可怜的乌鸦先生，你瞧，她真是够好奇的。什么都想看看，什么都想知道。但，这一位，现在就不会再好奇了。她这毛病，你不是也常常责备的吗？这得谢谢我，帮她把这顽症彻底根除了！

"你要同意，我把她的遗体带回去，造一座坟，你尽可放心，一定造得对得起她，也对得起你这位洁身自好的大丈夫。"

为造这座坟，还需要说什么吗？艾莫丽太太掌勺，准备下种种作料，小狐狸抢着帮忙，把火生得旺旺的。

这次总算吃到了乌鸦肉。饭刚吃完，桌上还留着残羹剩汁，小白兔朗伯赶巧打门前走过。

在门口透气的列那狐，看到小白兔，便拦着她问话：

"小伙计，你匆匆忙忙的干什么呀？"

"匆匆忙忙"，或许还不足以形容朗伯的神态；小白兔一见狐狸，就胆战心惊，满脸都是惶恐之色！

"我赶回家吃……吃饭，"小白兔结结巴巴地说，两只长耳朵甩得一前一后，"我……饿……饿极了，一直没空吃……吃饭。"

"那请进请进，好朋友，"列那狐显得十分好客，"你肯坐到我家饭桌前，就是赏脸呀。我没太多东西好敬客，就随便吃点儿点心，几个水果，一把嫩草，或许更合你胃口。"

说真的，小白兔一点儿也不想进狐狸的家。他家的东西，岂是容易下咽的？这是非之地，朗伯此刻唯恐离得不远。

但正是由于这种惧怕心理，他对狐狸的邀请，不敢失礼，不敢违拗，只一叠声表示感谢，半推半就进了狐狸窝。列那狐请他在安乐椅里刚落座，艾莫丽就端来一碟樱桃。朗伯一颗心怦怦乱跳，怯生生地捡起一颗樱桃正要往嘴里送。

这时，狐赛尔进屋来。他是小馋嘴，凡有好吃的东西，从来不肯放过。

他想看看朗伯在吃什么，便朝桌子走去。

吓得六神无主的小白兔，两只长耳朵不知怎么回事，像上足发条似的，陡地往下一倒，劈在狐赛尔头上，这小狐狸作势嚎叫起来。

这等于一声信号。

列那狐马上朝小白兔扑去，拳打脚踢，无所不至。可怜的朗伯，眼前金星直冒，鼻子鲜血直流，正是性命攸关！

小白兔吓得要死，迸足全身力气，腾地跳出圈子，列那狐倒一愣，没料到朗伯有此绝招。

小白兔趁狐狸发愣之际，纵跳如飞，三脚两步，奔进树林，一下子逃得无影无踪。

这样，他才免了杀身之祸。

奇怪的梦

列那狐再次出门远游。

天气晴和，郊野的景色也更加明丽，叫人看了心里不由得高兴起来。

列那狐就这样兴冲冲地，贴着密密簇簇的树林，嗒啦嗒啦地快跑，他决心一直跑下去，直到寻得大量食物为止。

跑着跑着，他忽然到了一个完全陌生的地方。好可爱，一片青翠！花草树木之间淌着曲曲弯弯的溪流，发出淙淙琤琤的水声，把个列那狐看得羡慕煞了。更不要说前面便是偌大一个农场，农场的一角用篱笆圈出一个果园，果园里笑语欢声，有一群鸡正在尽情嬉戏追逐——那是他们的安身之地。

他偷偷一瞄：公鸡，母鸡，毛茸茸的小鸡，闹纷纷的一片。

列那狐看到眼前摆着这么丰盛的一份菜单，激动得直舔嘴唇。

只要略施小计，就能就钻进这个乐园。但为了拟个周密的行动方案，狐狸在篱笆后面先躺下想计谋。

近旁正好有几只母鸡在啄食。其中一只叫牝特，生的蛋光洁可爱，特别招农场主喜欢；而她在鸡群里也颇受尊重，因为只有她会详梦，好做乱梦的人非常赏识她这手本领。列那狐靠着篱笆，弄出了点响动，吓得几只母鸡打惊失怪，乱叫乱嚷。

于是，金色羽毛的大公鸡——叫天晓，马上走了过来。

"怎么啦？什么事？"大公鸡喝问道。

"外边有窸里窣落的声音，"牝特说，"我还看到篱笆后面有对绿莹莹的贼眼。说不定有坏东西在窥伺，叫天晓，这儿有危险。"

说罢，母鸡们又惊叫起来，叫天晓费了牛劲才把她们稳住。

"篱笆挺结实，还是不久前新编的，"大公鸡说，"能有什么危险？你们别庸人自扰，自己吓自己。

"但是牝特，你正好在，我倒有点事要请教。

"刚才你们扯开嗓子喊的时候——那是白喊，我在小屋顶上晒太阳，打盹做了个梦。那梦挺不是味儿，亏得给你们喊醒了。

"牝特，我先把梦讲一讲，你再替我详一详，好吗？"

"极愿为阁下效劳！"牝特回答得很爽脆。

"是这样的，"叫天晓说，"我梦里正在吃新谷，这时看到走来一头怪兽。他披着一件黄褐色的皮袍，硬要把那皮袍送我。我推辞了半天，说这袍子太大；再说我习惯穿轻软的羽毛，满身硬毛扎皮肉不舒服。但那陌生家伙十分蛮横，非要我穿上不可。

"而那皮袍，式样可怪哩！我横套竖套，套了半天才把头套进去，那上面的璎珞装饰得我生痛：又白，又尖，又硬，形状也不规整，我从来没戴过这种首饰。皮袍的毛露在外面，有的地方非常紧，穿上后挺难受，即使你们乱喊乱叫不把我闹醒，那袍子箍在身上也得把我痛醒。

"这个怪梦，弄得我心惊肉跳。不知你牝特是怎么想的？"

"你倒是该心惊肉跳才是，"牝特点点头说，"这确实是个噩梦。照惯常说法，你当有血光之灾。

"你看，我都替你难过呢。

"硬要你穿上身的那件皮袍，必定是要加害于你的那个畜生的东西；他要吃你，也必定是先咬你的头。

"至于又白又尖的璎珞装饰，那是他白厉厉尖棱棱的牙齿。你感到痛，是他把你钳在嘴里的缘故。

"啊，叫天晓，这可怕的梦里含有一个教训，告诫你近来凡事要格外小心。

"你虽不信，但近在眼前，这篱笆后面，怕就有坏东西隐伏在那里，我都看到他那贼溜溜、绿莹莹的眼珠子了。咱们该朝正院那边走走，这样安全一点。

"否则，叫天晓，不到中午，恐怕你就要'黄袍'加身了。"

"别胡说了，牝特，"叫天晓耸耸肩膀说，"这儿是咱们自己的家园，还有什么不安全的？我听你的，记着不到大路上去，不就得了！大路上嘛，说不定会遇到害人东西。

"谢谢你，牝特，我的鸡美人，经你这么一说，我会随时注意的。"

说罢，叫天晓朝不远处的肥料堆走去，想躺在上面再寻他的白日梦。

叫天晓是乐天派，什么都不以为意。但牝特和别的母鸡还是决定往里走，一边咯咯咯叫着觅食，一边朝正院走去，把叫天晓留在那里自顾自睡觉。

　　列那狐隔着篱笆，刚才的谈话全听进去了，觉得挺有趣，想到叫天晓要皮袍加身，喉咙都觉得痒滋滋的。

　　叫天晓挺自在地趴在肥料堆上。篱笆不很高，碍不着列那狐瞅见大公鸡金金亮亮的羽毛。

　　把奔跑的冲力算准，腾高一跳，凌空跃起，或许轻轻巧巧就落在大公鸡身上，像他梦里一样，给他来个"黄袍"加身！

　　于是，列那狐往后退几步，算好距离，然后猛冲，弹跳起身，可是不巧，失足跌在叫天晓身边。大公鸡猛地醒来，急得直拍翅膀，喔喔乱叫的声音好像给什么卡住了似的。列那狐就有瞪眼说瞎话的本事，马上胡编一套：

　　"啊，堂弟，在这儿见到你，真是幸会！令尊大人我曾叩见多次，他跟先父还是拜把弟兄呢。今天相遇，真是三生有幸啊！"

　　谁知狐狸一番美言，竟把大公鸡听得迷惘起来。可不是，一个人嘴里能说出这么甜蜜的话语，心里还能存什么奸刁的主意？但事情已清楚不过，列那狐不折不扣就是大公鸡梦中要给他穿黄袍的那个陌生家伙。听了这位新认堂兄大而无当的奉承话，叫天晓便不信天下还有什么恶事了。

　　"你真是一表人才，"狐狸继续灌迷汤，"比令尊大人还英俊；令尊已是鸡族的骄傲、农场的荣耀了。

　　"他那美妙的歌喉，真叫人百听不厌。或许你也秉承他这一天赋？"

　　叫天晓咳嗽一下，清清嗓子，有意叫这位行家鉴赏鉴赏。

　　他先亮出几个尖厉的音符，列那狐连连点头，频频称赞：

　　"不错，不错，就是这味儿！记得令尊大人说过，只有闭着眼睛专心唱，才能把他那条好嗓子的全部妙处唱出来；你或许也这样？这唱法有点别致，是不是？但唯有这样唱，才能叫举座皆惊呢！"

哦，牝特，你明智的劝告，早已给抛到了九霄云外！骄傲与虚荣，难道真要把天下人断送尽？

听了狐狸的花言巧语，叫天晓不再有丝毫的游移，最后一点戒心也随之烟消云散。他闭起眼睛，开始生平最精彩的演唱。

列那狐趁机一扑，把大公鸡一口叼走了！远处的牝特看到了这一幕。她拍翅高叫，弄出很大声响。女仆，雇工，还有农场主，闻声赶来。农场主直怪女用人眼睁睁看着狐狸把家里的鸡王叼走。可怜的女用人，除了喊救兵，还能要她干什么呢？众人不约而同紧追不舍，但怎么追得上狐狸和他叼走的公鸡呢。那真渺茫得很！

列那狐早已把他们落下一段距离，一上大路，更是撒腿朝树林飞奔。叫天晓给狐狸钳在嘴里，痛不欲生，感到末日将临。不过，他倒还有精神去引引这拐子：

"他们追来，你怎么不撂两句俏皮话过去，气气他们？

"啊，牝特，料事如神的牝特，你会说，可不，我给套上了皮袍！"

列那狐跑一步，叫天晓哼一句："可不，可不……"唠叨得狐狸忍不住学他的腔，有意寒碜他：

"可不，终究还是套上了皮袍！"

列那狐虽然鬼精鬼精的，抿着嘴巴说话，但牙缝还是隙开了一点，正好给大公鸡以可乘之机。不过，好不容易从狐口逃命，也让他付出不小代价，留下的羽毛就有好几撮。

姿势威武不威武也顾不得了，他噗噜噜便朝就近一棵矮树扑去。等站定脚跟，抖抖翅膀，理理散乱的羽毛，他才回敬道：

"啊，亲爱的堂兄，你皮袍上的璎珞好硌人哟！我可再也不敢高攀，跟你称兄道弟了！歌也不敢随便唱了，以后连睡觉都得睁一只眼才是。"

"而我，"狐狸的怨气也不小，"以后说话也要闭紧嘴巴不漏风。"

看看农庄里放出来的猎犬已追近来，列那狐暂且还不想把自己身上这件皮袍送给他们做见面礼，便夹着尾巴，败兴而回。

区区公鸡一只，本来不在话下，居然会上他的当，对列那狐来说真是奇耻大辱！

假传圣旨

列那狐以为叫天晓好欺，不想事迹败露，相当懊恼。但果园里鸡族兴旺、追逐嬉戏的景象，时常兜上心来，萦旋脑际。

那些又肥又嫩的母鸡，叫人怎能忘怀？上次仓促上阵，什么好处都没得到。那里真可以带回不少鲜嫩的鸡肉，让艾莫丽和孩子们饱饱口福。

列那狐思来想去，认为这么丰裕的鸡场不该弃而不顾，尤其不能留给农场主一人独享！

再说，他跟叫天晓还有个人恩怨，就是说，有口恶气要出：他本人给搞得威风扫地就不去说了，但狐族的面子非挽回不可。

想到上次出师不利，列那狐觉得抬不起头来。那些爱嚼舌根的老母鸡，准会咯咯咯，叽叽叽，讲那档子事，把他的聪敏机灵糟蹋得不成样子，想起来就发毛。

所以该打回那个伊甸园去，报仇雪耻，重振雄风，尤其该大嚼几顿，消消心头的窝囊气！

这样考虑下来，列那狐就在春天的一个早晨，重新踏上征途，朝叫天晓和牝特的住地进军，要拿出点颜色给他们看看。

他走近果园时，叫天晓正高踞在篱笆上，对着金色的朝阳和碧蓝的天空，啼唱轻快的曲调，赞颂生活的欢欣。

但这愉悦之音，等叫天晓一眼瞥见列那狐，就像炭火上泼了一桶冷水，戛然而止。

大公鸡噗噗拍打翅膀，准备从高处往下跳。列那狐自己忙先止步，同时做手势阻拦叫天晓，把声音放得十分柔媚，说出一大篇漂亮话来。

"干吗要逃，亲爱的堂弟？"狐狸说，"自家弟兄，你还信不过我？

"啊，你一定还记着我们那天开的玩笑？嗯，先父可不是说对了，他对尊翁说过，真懂得开玩笑的人，实在寥寥无几！你随便打趣一下吧，别人就当了真了。

"就说那一天吧，你那金色的羽毛，那美妙的歌喉，叫我赞叹不已，很想让内人艾莫丽太太也赏鉴赏鉴。当然，以你我身份，本该礼数周全，盛情邀请，但我这愿望太急切了点，一时失了计较，把你当宝贝一样噙在嘴里，提了回去。可你趁我不备，脱身逃掉，啊，叫天晓，叫天晓，你这态度叫我好不难过！"

大公鸡听得迷糊起来，不知如何是好。全信他的？当然不是！所以他倾向于略加怀疑，但又感到有点不好意思，便辩解道：

"你这种操之过急的做法，在我们鸡族看来，实在很不相宜。所以，小的很可能误解尊意。另外，也怪我做的梦，弄得我神经很紧张，又给牝特一详，叫我越加疑神疑鬼了。"

"得啦，"列那狐很宽宏，"甭提了。陈年旧账，拉倒不算啦。

"今日之下，欣逢盛世，不兴自相残杀了。你看，这是王上的和平诏书，是他御爪亲署的。并且写明：钦此钦遵，诏至奉行！

"厮杀已经废止。我们大家要相亲相爱，各不侵犯。我们伟大的狮王正着意于开创这种升平气象。

"至于咱们之间，叫天晓，告诉你，在这天下太平的喜庆日子里，我对自己所有的罪过已表示忏悔，并许下愿心，这辈子再也不杀生、不吃肉了。守斋，节食，诵经，祈祷，就是我今后的归宿。

"你瞧，我这就朝河边走去，虔虔心心念我的经。刚才是因为路过，顺便来报告你们这个大好消息。"

"当真？"叫天晓比较轻信，不觉高兴起来，"这么说来，现在凭王上的诏书，咱们可以自由走动，自由来往啦。这堵围墙有时真像牢狱，只为胆怯怕事，大家才不敢越雷池一步。眼下可以不受篱笆限制，跑得远远的了！

"啊，亲爱的堂兄，谢谢你带来了福音！"

叫天晓扯起嗓子喊道：

"牝特，考白，丝波特……"

听到喊声，满场的鸡，扑腾着翅膀飞快赶来。凡叫天晓喊自己亲人，必定有什么好消息要报告。

今天是宣布两件大事：一是天下由乱及治，从此可以相安无事；二是列那狐洗心革面，已经开始吃素念经。

狐狸这时正道貌岸然，手捧祷告书，朝远处走去。

叫天晓想起前两天自己还怨责列那狐，说了好心的狐狸不少坏话，心里感到一阵内疚。牝特向来比较谨慎，不禁问道：

"靠得住吗，叫天晓？"

"这是有根有据的事，王上的诏书我都亲眼看到了。那列那狐，还拍着胸脯赌咒发誓呢。

快乐导读

《欧洲民间故事》与妖怪

聪明的牧羊人是如何解除咒语的？

格朗多水龙

Italy

意大利（局部地区）

真理之口

梵蒂冈 ————●

第勒尼安海

撒丁岛

梳头怪

阿卡丁

地中海

克朗小斯

圣马力诺

你被魔法选中，变身成为"聪明的牧羊人"。你要跨越几个国家，遇见各种各样的妖怪。在完成旅程后，找到藏在这几个国家名字里的密码，理解它的含义，完成任务，你就能够获得属于你的"金苹果"啦！

亚得里亚海

伊奥尼亚海

斯库拉

卡律布狄斯

西西里岛

墨西拿海峡

北海

哥布林

扑人鬼

巨人

布罗肯峰的女巫

奥布拉河怪

Germany

德国（局部地区）

瓦维尔龙

钩臂布拉兹

比斯开湾

白夫人

夜行马

卢卡寇

安道尔

France

法国（局部地区）

塔拉斯克

摩纳哥

科西嘉岛

大西洋

水猎犬

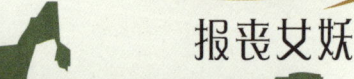

报丧女妖

Ireland

爱尔兰（局部地区）

巨人芬恩

小矮妖

爱尔兰海

凯尔特海

挪威海怪

巨魔

挪威海

海豹人

瑞典

挪威

鱗虫蛇

北海

Norway

挪威（局部地区）

安德瓦利

芬里厄

内林加

波罗的海

挪威与瑞典在地域上相邻，我们在此也加上了瑞典民间故事中的妖怪。

俄罗斯大鹏

武帕尔

芭芭雅嘎

斯拉夫龙

狮鹫

Russia

俄罗斯（局部地区）

克塞　　　　库特

艾奥克兰

火鸟

鄂霍次克海

Europe

欧洲（局部地区）

Norway
挪威

Ireland
爱尔兰

Germany
德国

France
法国

Italy
意大利

Russia

俄罗斯

Czech Republic

捷克

按照本书国家篇章顺序在图上连线，思考图上标红的字母可组成什么单词密码（可上下翻转），理解其意思，并模仿本书中的民间故事《聪明的牧羊人》的叙事手法，自己编写一个与这个单词密码相关的民间故事，获得这个技能，你就能获得属于自己的"金苹果"啦！

"咱们这下自由啦！可以到前面那块大草地去啦，那儿虫子呀，谷子呀，多的是，咱们也可以换换口味了。来，来，跟我来！"

叫天晓扑棱棱跳到地上，霎时间，后面挤挤挨挨跟着一大群鸡公鸡婆鸡崽子。牝特，她妹妹丝波特和小妹考白断后，走在这杂沓的一群的末尾。考白者，考其名字就因为长得白，性情又温顺，所以在鸡群里备受钟爱。

叫天晓的十四个孩子也在队伍里，都是当年孵育的，小雄鸡个个精神，小母鸡都很娇嫩。

大伙兴高采烈，去见见世面，以前对他们都是重门深禁的，现在可以任情地飞，任情地蹦，任情地叫了！

列那狐坐在一丛矮树的阴影下，好像一心在读经书，其实是躲在暗处窥伺鸡群的嬉闹。

一只童子鸡，算他倒运，一步步走过来，走到离列那狐一胳膊远的地方，还没来得及叫一声，死亡的厄运就已降临他的头上。

这番手脚，谁也没有看到。接着，同样的命运，在叫天晓第二、第三个儿子身上重演了。还有他女儿，也一个复一个，走上了黄泉路。

唉，人各有命。是命运把他们引到这儿来，早早结束了幼小的生命。

突然间，叫天晓和牝特感到似乎有点异样。叫天晓喊了几声，想把全家招齐，但总缺几个。他情见乎辞，喊声更为惊惶，鸡群开始骚乱起来。雄的，雌的，大的，小的，咯咯叫的咯咯叫，拍翅膀的拍翅膀，奔拢来围成一团。但数目就是不全。

列那狐做过几次手脚，没有露出破绽，就得意忘形起来，再加嗜血之余，杀性复起，看到鸡群乱奔乱钻，觉得机会难得，索性摘下假面具，冲进阵去，用牙齿咬，用爪子撕，杀得昏天黑地，死伤狼藉。

这里闹得沸反盈天，少不得惊动农场里的人。

他们跑来一看，一场大屠杀真是为祸惨烈，急忙放狗来追。

列那狐当然不会等在那里束手就擒。临走之前，还把近处的考白抓来咬死，想当最后的战利品带回家去。

但为自身安全计，他不得已只扯下一只鸡翅膀，叼着逃之夭夭。

因为饱餐之后，肚子沉甸甸的，有些跑不快，有一刻他真担心会给后面的狼狗追上。但他灵机一动，拐了一个弯，趸进一所修道院，里面的长老是他的老相识。

看到大门洞开，他倏地蹿了进去，这时看门人正好出来把门掩上。

列那狐总算绝处逢生，真悬哪！

[法国]玛特·艾·季罗夫人著，罗新璋译，选用时有改动。

Irish

爱尔兰

Folk Tales

民间故事

诺克格拉夫顿传说

很久以前，加尔蒂山脚的阿赫洛峡谷里住了一个穷小子，他长了一个大驼背，所以看上去就好像把身体折起来压在了肩膀上；他的脑袋也因为佝偻的背而低得很靠下，以至于他坐下的时候总要把下巴撑在膝盖上才行。他明明是个可怜的家伙，就像小婴儿般人畜无害，可村民们都不希望在荒郊野岭遇到他，因为他的身体畸形得像个怪物。总有坏心眼的人在外散布他的谣言，说他精通草药和魔咒。不过关于他，有一点是可以肯定的，他有一双灵巧的手，稻草和芦苇在他手中可以变成精美的帽子和篮子，也正是这门手艺让他不至于饿肚子。

人们都叫他"洋地黄"，因为他总在自己的小草帽上别一枝洋地黄。他的编织手艺比别人都要好，所以得到的报酬也更丰厚，也许这就是那些嫉妒他的人四处散布谣言的原因吧。虽然他的日子还算过得去，但在某个他从凯尔镇返回克罗的晚上，奇怪的事情发生了。因为洋地黄有大驼背，所以他一路上都走得很慢，当他看到路右边的诺克格拉夫顿老护城河时，浓墨般的夜色已经吞噬了一切。他又累又乏，一想到前方还有漫漫长路等着他，心里就一点儿也高兴不起来。于是他在护城河旁找了块空地坐下休息，幽怨哀伤地望向挂在高空的月亮。

夜幕垂落，雾霭沉沉，月之女神悄然现身；拨云散雾，光芒四射，暗夜空中银白闪烁。

洋地黄的耳边响起了一段未曾听过的神秘歌声。他沉浸其中，这简直是他此生听过的最动人的旋律。他在其中听到了很多声音，它们与其他的声音交织融合在一起，不同声部的歌声竟构成了一支出奇和谐的歌曲，可以隐隐约约地听到一些歌词——

月光，少女，月光，少女，月光，少女……

在稍作停顿后，新一轮的旋律又响起了。

洋地黄认真地听着，他甚至不敢呼吸，生怕漏掉任何一个音符，这下他可以肯定——歌声是从护城河内传来的。起初这旋律惊艳了他，让他如痴如醉，但一轮又一轮几乎相同的唱段慢慢地让他产生了厌倦。于是他就在三遍"月光，少女"后的间隙中续唱歌曲，他往旋律中加入一句"仙姿玉色"，让悠扬的曲调上扬，然后继续用原音调唱"月光，少女"。下一次停顿到来时，他便用"仙姿玉色"缓缓收尾。

其实这歌曲出自诺克格拉夫顿的仙女之口，她们都对这新加入的吟唱感到万分惊喜，迫不及待地想见这位天赋异禀的音乐天才，于是洋地黄就被旋风般的魔法带到了她们的身边。

他随着魔法穿越了护城河，身上闪耀着夺目璀璨的光芒，他像轻盈的稻草般在空中一圈圈地旋转，身侧还有悦耳动听的歌声环绕。他在这里获得了无上的荣耀与尊敬，乐师们纷纷夸赞他的音乐。他受到了所有人的热情欢迎，还有贴心细致的仆人伴他身旁，静候他的命令，这里的一切都让他感到心满意足。这热情的招待让他觉得自己仿佛是这个国家的首要贵客。

这时，洋地黄看到仙女们正在激烈地讨论事情，虽然她们都是礼貌大方的仙女，但这样的景象还是让他心生恐惧，直到一位仙女从旁边向他走来，说：

"洋地黄！洋地黄！不要疑惑，不要惋惜，你再也不用顶着个驼背了。看啊，它现在掉在了地上！"

话音刚落，可怜的小洋地黄就发现自己的身体竟变得轻盈无比，他高兴极了，甚至觉得自己可以像《猫和提琴》中的牛一样，轻轻一跃就能跳到月亮上；他看到自己的驼背滚落到地上，心里满是难以言表的喜悦。然后他又尝试着把多年来一直低垂着的脑袋抬起来，他抬得非常小心，生怕脑袋撞到了大厅的天花板；他好奇又兴奋地环顾四周，看了一圈又一圈，感觉眼前的东西越来越闪耀辉煌；最后，这眼前的繁华景象竟让他头晕目眩起来，不一会儿就酣睡了过去。当他再次醒来时，就已经是晴朗的大白天了，旁边还传来了鸟儿的甜美歌声。此刻的他正躺在诺克格拉夫顿护城河边，牛羊在他周围安静地吃着草。洋地黄祷告完毕后，第一件事就是伸手去摸他的背，但现在什么都摸不到了。他看着自己的身体，心中满意极了，止不住地骄傲起来，因为现在的他已经完全是一个身材匀称的小伙子了，而且他还发现自己穿着一套新衣服，这应该是仙女赏送给他的。

他步伐轻快地向克罗走去，高兴得要跃起来，仿佛他生来就是位舞蹈大师。每个见到洋地黄的人都不敢相信他的驼背居然消失了，所以他总要解释很多，来证明自己就是原来的洋地黄，然而，从外表上看，他已经完全没有从前的样子了。

不出几天，洋地黄的驼背消失的故事就在城里传开了，听到的人都连连感叹这是个奇迹。全国上下、男女老少，人人都在热烈地讨论这个事情。

一天早上，洋地黄正惬意地坐在小屋门口，一位老妇人向他走来，问他是否可以给她指去克罗的方向。

"女士，我不用给您指，"洋地黄说，"因为这里就是克罗。您要找谁吗？"

"我是从沃特福德郡的德西乡来的，想找一个叫洋地黄的小伙子，听说仙女帮他治好了驼背。我的儿子也有一个驼背，他恨死了它，成天都在抱怨。所以我觉得如果他被施了一样的魔咒的话，他也应该可以摆脱他的驼峰。这就是我不远万里赶来的原因：我想知道这个魔咒是什么。"

洋地黄是个心地善良的小家伙，他把所有的细节都告诉了这位老妇人，包括他是如何为诺克格拉夫顿仙女的旋律改变曲调的，驼背是怎样消失的，以及新衣服是怎么来的。

老妇人十分感激，得到答案的她满心欢喜地离开了。她回到沃特福德郡的老家后，把洋地黄说的一切都告诉了儿子，然后她把这个满嘴怨言、生性狡猾的小驼背人放在了一辆车上，紧接着带他穿越了整个国家。这趟旅途漫长又艰辛，但老妇人丝毫不在意，只希望儿子的驼背能早日消失不见。他们在夜幕降临的时候抵达了诺克格拉夫顿的老护城河边，她让儿子待在那里，然后便离开了。

这位驼背人的名字叫作杰克·马登。他在那里没坐多久就听到了护城河内传来的歌曲，这首歌曲比以前的还要悦耳动听，因为仙女现在唱的是洋地黄改编过的版本，悠扬的歌声连绵不断：月光，少女，月光，少女，月光，少女，仙姿玉色，未曾停歇……但是杰克·马登急着摆脱他的驼背，所以他没想等仙女停下吟唱，或是等到其他合适的机会，就把音调提得比洋地黄还要高。在听她们唱了七遍还未停止之时，他就大叫了起来，根本不在乎切入的时机和曲调的和谐，更不在乎歌词是否恰当，仙姿玉色，仙姿玉色，他心想既然两遍要比一遍好的话，那他这样就应该比洋地黄多得一套新衣服。

他一唱完，神秘的魔法就把他带到了空中，然后又出现一股巨大的力量把他打进了护城河里。仙女们愤怒地围着他，尖声大喊："是谁破坏了我们的曲子？是谁破坏了我们的曲子？"其中一位较高的仙女走到他面前，说：

"杰克·马登！杰克·马登！你的鬼叫把我们愉悦的曲子都毁了；我们不可能让你出现在我们的城堡；杰克·马登，我们要再给你加上一个驼峰！"

二十位力气最大的仙女拿来了之前洋地黄掉落的驼峰，把它放在了可怜的杰克背上，狠狠地压在他自己的驼峰之上，就好像手艺精湛的工匠用廉价的钉子把它牢牢地钉死了一样。然后仙女就把他踢出了城堡。第二天早上，杰克·马登的母亲和她的朋友来找她的儿子，却发现他奄奄一息地躺在护城河边，身上还多了一个驼峰。眼前的景象让她们震惊不已！但是她们什么也不敢说，怕自己也被加上驼峰。她们只好把可怜的杰克·马登带回家，她们心情低落，脸色难看，看起来就像以前听到流言蜚语一样；而因为这归家的漫漫长路再加上身上又多了一份重量，杰克·马登没过多久就死去了。后来的人们都说，任何一个还想听仙女歌唱的人都会受到她们的严厉诅咒。

康恩-埃达的故事

很久以前，爱尔兰岛的西部地区还没有固定的名称，人们通常以统治该地区的人的名字来称呼此地，而他的名字也只在他统治的时期内保留使用。那时有一位强大的国王统治着这个地区。

他是一位勇猛的战士，放眼整片大陆与海洋，没有谁能与他匹敌，也无人敢质疑他的绝对统治权。他的统治范围不仅涵盖了拉斯林岛到香农河口的海上领域，还包括了延伸至地平线的陆地领域。

这位国王的名字叫康恩，他慷慨善良又才华出众，深受百姓的爱戴与尊敬。他的王后是一位来自英国的公主，同样也深受百姓的喜爱。她和国王是天生一对，若是一方缺少什么品质，那另一方定能完美地填补这个空缺。

显然，上帝也很满意这对佳偶的结合，所以他们在位期间，地里的庄稼都长得茂盛非凡；树上结出的果实是以前的九倍多；河流、湖泊和附近的海域全是美味可口的鱼类；牧场里的牛羊也异于往常多产，母牛和母羊的奶水富足得都淌到了地上，就连沟渠和洞穴都被纯乳制品塞得满满的。这一切都是上帝对爱尔兰岛西部地区的恩赐，仁慈正直的康恩挥舞着他手中的权杖，对自己的统治方略感到十分满意。毫无疑问，经由这位伟大又善良的君主的统治，这里的百姓过着地球上最幸福的日子。正是在他以及他儿子，还有继任者的统治下，爱尔兰在一众国家中脱颖而出，获得了"西方幸福岛"的美誉。

康恩·莫尔和他亲爱的王后埃达在位多年，赢得了许多无上荣耀。后来他们生下了一个独子。小王子诞生时，德鲁伊教士预言他将继承两人的优良品德，于是二人结合自己的名字为他命名——康恩-埃达。

随着小王子一天天长大，他的品行也越发向父母靠拢：为人亲切友善、慷慨大方。同时他的身体也逐渐强壮起来，散发着十足的男子气魄。他是父母的骄傲，也是百姓赞扬的君主。他深受众人的爱戴和尊重，所以无论是王子、领主还是平民，都更愿意对着康恩-埃达起誓，而不是对着太阳、月亮、星星或其他东西。然而，他辉煌灿烂的一生注定要遇到一个巨大的挫折——仁慈的埃达女王突然身患重病，并在几日后撒手人寰。这场噩梦让她的丈夫、儿子和所有的百姓都深深陷入了无法自拔的悲痛和哀伤之中。

善良的国王和百姓为埃达女王整整哀悼了一年零一天。服丧期结束后，康恩勉强听了德鲁伊教士和谋士的建议，娶了德鲁伊的大女儿为妻。这位新王后在婚后的几年内也努力地追随着埃达前王后的脚步，百姓们对此非常满意。

但是，随着时间一天天过去，王后生下几个孩子后，突然意识到康恩-埃达才是国王最喜欢的儿子和人民的宠儿，一旦老国王去世，他就会成为王位的继承人，那么她自己的儿子肯定会被排挤。这一下就激起了新王后对这个继子的仇恨和嫉妒，她下定决心一定要把康恩-埃达给弄死，或者把他流放到国外去。

于是她开始四处散布谣言，可是根本没有人相信，国王也觉得新王后这一招实在愚蠢。王子和领主在百姓的声援下一一驳斥了这些谣言，有力地反击了王后对自己的打击。王子用隐忍化解了所有继母带给自己的考验，用自己的善举来原谅继母的恶行。王后看到自己散布的虚假谣言根本伤不了康恩-埃达时，愤怒让她失去了理智，对继子的敌意简直达到了顶点。所以，为了实现她的邪恶目的，她决定使用最后绝招，那就是找卡莱赫－切尔克——一位著名的女巫——给自己出主意。

王后拿定主意后，就在第二天一早赶到了卡莱赫－切尔克的小屋，和她仔细说明了自己现在的棘手事。

"我不能帮你，"卡莱赫说，"除非你告诉我能拿到多少报酬。"

"你想要多少报酬？"王后不耐烦地问。

"我要的报酬，"女巫回答说，"我要这么多的羊毛，"说着她用胳膊围成一个圈，"就是让羊毛填满我胳膊围成的洞，还要拿红麦装满用纺纱杆钻出的洞。"

"我现在就实现你的愿望，"王后说。女巫便站到自己的小屋门口，用胳膊围成一个圆圈，指挥王室侍从们把羊毛从她手臂围成的洞塞进屋子里，她让他们一直塞一直塞，直到屋子里所有的空间都被羊毛填满。然后她爬上哥哥家的屋顶，用纺纱杆在屋顶上钻了一个洞，让侍从往里面倒红麦，一直装到红麦溢出来，再也没有空间容纳一颗麦粒时才停下。

"现在，"王后说，"既然你已经得到了你的报酬，那就赶快告诉我要怎么做才能达到我的目的。"

"你拿着这个棋盘和象棋，去邀请王子和你一起下棋，规则是：无论谁赢了一局，赢家都可以和输家定下任意誓约。而且你将会赢得第一局。你赢下第一局后，要么流放他，要么就让他在一年零一天的时间内为你取来花园里的三个金苹果、黑骏马和那只名为萨梅尔的超能猎犬，它们都是厄恩湖弗波族国王的稀世珍宝，全被严加看管，凭他自己的力量是永远得不到的，而且，他若是草率地尝试，一定会为此付出生命的代价。"

王后非常满意这个办法，就马上按照女巫教她的那样邀请康恩－埃达与自己下棋。一切正如女巫所预言的那样，王后赢得了比赛，但贪婪的她想将王子玩弄于股掌之间，就向他发起了第二次挑战，与他再下了一盘棋，但这次康恩－埃达轻而易举地赢了她，这出乎意料的结局令她震惊不已、羞愧难当。

"现在，"王子说，"既然您赢了第一局，那就请您先定下您的誓约。"

王后说："我要求你在一年零一天的时间内为我取来厄恩湖弗波族的国王花园里的三个金苹果、黑骏马和那只超能猎犬。如果你失败了，你就要被流放，永远不得回来。不过你也可以投降，代价就是被砍掉脑袋，用剩下的身体苟活。"

"那么，"王子说，"我要求您在我回来之前一直坐在那边的塔尖上，除了用缝针挑起的红麦外，不得吃任何食物或营养品。但如果我回不来的话，您就在一年零一天后下来吧。"

一想到继母提出的困难任务，康恩-埃达的心里就十分不安。他深知抵达目的地前还有很长的路要走，于是立即准备上路，不过，在那之前，他心满意足地看着王后登上塔顶——那个她不得不在烈日炎炎的夏日和狂风暴雨的冬天中至少停留一年零一天的地方。

康恩-埃达完全不知道自己要如何取来那些珍宝，不过他很清楚，单凭人类的力量是完成不了这个任务的，他决定出发前找他的朋友——斯莱布·巴德纳的德鲁伊教士菲恩·达德纳去问问。当他到达德鲁伊教士的屋子时，他们像往常一样热情地招待了他，侍从打来温水供他泡脚，大大缓解了他旅途的劳累。在他们用过鲜食、品过醇酿后，菲恩问起他拜访的原因，还特别关心了他的心事——因为王子看起来萎靡不振。康恩-埃达把他与继母的誓约从头到尾都告诉了他的朋友。

"你没法帮我吗？"王子灰心丧气地问。

"我现在确实不能帮助你，"菲恩回答说，"不过我会在明天朝阳初升的时候去神庙向德鲁伊教的神灵询问帮你的方法。"

因此，菲恩就在第二天太阳升起的时候来到神庙，用他的神力向尊敬的神明询问了帮助王子的办法。他回来后便把康恩-埃达叫到了一边，对他说：

"亲爱的王子，我发现你一直处于一种恶毒的——几乎无法解除的——旨在毁灭你的诅咒之下；除了科里布湖的卡莱赫，世界上没有人会让王后施下如此毒咒，她是爱尔兰目前最强大的德鲁伊女法师，也是厄恩湖弗波族国王的妹妹。我和我们尊敬的神明都无法替你解除这个魔咒。但是你可以去斯利夫·米什山找人头鸟咨询，也许他有帮你脱离苦海的办法，我相信他可以做到，因为没有哪只鸟能比他更厉害了，他通晓过去、现在、未来之事。不过找到他的藏身之处并非易事，从他那里得到答案更是难上加难，但我会努力帮你解决这个问题。我只能帮到这儿了。"

然后菲恩指示他：

"带上他，"他说，"那匹小长毛马，你赶快骑上他出发，人头鸟三天后就会现身，这匹小马会带你去他的巢穴的。不过为了防止他拒绝回答你的问题，请你拿上这块宝石。你把宝石送给他，就无须担心和害怕了，他会告诉你答案的。"王子向德鲁伊教士表达了衷心的感谢后，就马不停蹄地给马匹备好了马鞍，然后接过德鲁伊教士手中的宝石，在短暂道别后踏上了旅途。他按照菲恩的指示，将缰绳松散地套在马的脖子上，这样这匹小马就能随心所欲地选择前行的道路。

如果只是讲康恩-埃达与这头小马的冒险之旅就太没有意思了。不过他可不是普通的小马，他有着非凡的语言天赋。这匹马是王子旅途中的好伙伴。

王子在第三天抵达了人头鸟的藏身之处，并按照菲恩·达德纳的指示将宝石赠予了他，还询问了完成任务的万全之法。人头鸟从石头上叼起那颗宝石，又飞到了远处一块难以接近的岩石上，他停在上面，对王子说：

"康恩-埃达，"他用人类的声音响亮地说道，"把你右脚下的石头挪开，拿起石头下的铁球和杯子，然后回到你的马背上，把球扔到前面，之后小马就会告诉你要做的事情。"人头鸟说完这句话后就飞走了。

　　康恩-埃达小心翼翼地按人头鸟说的那样做。他在石头下找到了铁球和杯子。他把两样东西捡起来，然后骑到了马背上，将铁球扔到小马面前。铁球正常地向前滚着，那匹小长毛马就顺着球的方向向前走，一直走到厄恩湖边。后来铁球滚到了湖中，不见了踪影。

　　"现在下马，"小马说，"你把手伸进我的耳朵里，你会在里面找到一小瓶万能药和一个小柳条篮子，你拿上它们，迅速回到马背上，然后就要面临严峻的考验了。"

　　康恩-埃达百分之百听从小马说的话，于是他按照小马说的做了。他从他的耳朵里取出一个篮子和一瓶神药后，就上马继续他的旅程，神奇的是，湖水像大气层一样漂浮在他的头顶之上。

　　当他进入湖中后，铁球又突然出现了，并一直滚到了另一个湖边。这里有三条可怕的蛇守卫着堤坝，从很远的地方就能听见怪蛇的嘶嘶声，若是靠他们近些，再胆大的人也都会被他们打着哈欠的大嘴和可怕的獠牙吓到。

　　"现在，"小马说，"打开篮子，把里面的那块肉分别扔进每条蛇的嘴里。你这样做后，就要牢牢地坐在马鞍上，这样我们就能想办法走过这些神圣的守卫。如果你把肉块精准地投进每条蛇的嘴里，我们就能平安无事地过去，否则我们就会迷路。"

　　康恩-埃达准确无误地把肉块扔进了大蛇的嘴里。

　　"祝你成功，年轻人。"神马说，"你会赢得最终的荣华富贵的。"说完这些话，他便高高地向上跃起，瞬间，大蛇看守的堤坝和浅滩就消失不见了，原地出现了一个七米宽的空地。

"康恩–埃达王子，你还骑在马背上吗？"小马说。

"我还在上面，而且我只用了一半的力气。"康恩–埃达回答道。

"我认为，"小马说，"你肯定会成功的，现在我们已经渡过了一个难关，只剩下两个难关了。"

他们继续跟在球的后面，直到他们看到一座火光冲天的高山。小马说：

"准备好了吗？我们得再来一次飞跃了。"吓得颤抖的王子没有回答，而是在他觉得尚安全的范围内稳稳坐正。下一秒，马儿就从地上跃了起来，像箭一样飞过熊熊燃烧的高山。

"康恩–埃达王子，你还活着吗？"忠诚的小马问道。

"我虽然还活着，但好像离死也不远了，我都快被烧焦了！"王子回答。

"既然你还活着，那我敢肯定你一定会获得非凡成功的，未来还有丰厚的赏赐等着你。"菲恩的马儿说，"我们已经闯过了最大的难关了，"他又补充，"而且我们非常有希望能闯过下一个，也是最后一个难关。"

他们继续前行了一小段路后，忠诚的小马对康恩–埃达说：

"现在下马吧，把小瓶里的万能药涂在你的伤口上。"

王子马上按照他说的做了，他刚把万能药涂在伤口上，身上所有的伤就瞬间痊愈了，变得像以前一样完好无损。接着，康恩–埃达又回到了马背上，他们沿着球的轨迹前行，很快就看到了一座被高墙包围的城市。他们从远处只能看见一扇大门，这大门两侧没有士兵看守，但却有两座向外喷着火焰的高塔时刻守卫着。小马说：

"你就在此地下马，从我另一只耳朵里取出一把小刀，你要用这刀杀了我，剥下我的皮。然后你就可以用我的皮包住自己，毫发无伤地通过大门，不受任何阻挠。你通过大门后，就可以出来了，因为只要你能进去，就不会再有任何危险，你可以随心所欲地进出这座城市。不过我唯一需要你做的事就是，通过大门后立即返回原地，把那些可能在我尸体周围飞来飞去的、想要啄食我尸体的鸟类都赶走，除此之外，只要你滴一滴万能药——如果瓶子里还有的话——在我的尸体上，它就能保护我的身体不腐蚀溃烂。若是不麻烦的话，请你挖一个坑来埋葬我的尸体，这样我也能聊以慰藉了。"

"但是，"康恩-埃达说，"我最高贵的马儿啊，你一直对我忠心耿耿，还带我披荆斩棘。你根本没有考虑到我作为人类的情感，并且这也完全背离了我心中长存的感激之情，更不用说我还是一位王子。作为一位王子，我可以说，无论发生什么事，无论死亡会如何到来，我都不会为了自己而牺牲朋友的。所以，我在此以勇气的名义起誓，我已经做好了最坏的打算——也许是死亡，但即便如此，我也绝不会违背人道、荣誉和友谊！你知道你的建议要做出多大的牺牲吗？"

"哦，王子！你不用管我，就按我说的做吧，你会成功的。"

"不！绝不！"王子大喊道。

"可是，伟大的国王之子啊，"小马悲伤地说，"此刻你若不听从我的建议，那你和我都将灭亡，且永生不得再见；但是，如果你按照我说的做了，将会发生比你想象的还要更令人高兴和快乐的事情。我从未误导过你，既然我以前没有，那你为何要质疑我这关键时刻的建议呢？请严格地按照我说的去做，不然我的命运会比死亡还要糟糕的。而且我告诉你，你若坚持你的决定，那我们这辈子就注定无缘了。"

王子发现自己无论如何都无法说服那匹高贵的马儿，只好极不情愿地从他耳朵里取出小刀，颤颤巍巍地把刀伸向了他的脖子。泪水充盈了康恩-埃达的眼眶，但当他刚把小刀伸向马儿的脖子的时候，小刀就像被某种德鲁伊教神力所驱使，一下子捅了进去，马儿立刻倒在了他的脚边。王子看到小马死在自己手上，他瘫软在地，忍不住放声哭喊起来，哭到意识模糊，昏了过去。

当王子再度醒来时，他发现马儿已经死透了。他觉得，既然自己再也不可能将他救活了，那眼下按他的建议行事才是最佳选择。悲伤痛哭过后，他花了几分钟把马皮剥下来。当他发现自己已经把马皮和尸体分开时，他好像被刺激得精神错乱了，他把自己裹在马皮里，发疯似的冲向那座宏大的城市，没有任何人阻挠，他就直接进到了城市里面。

这真是个令人惊讶的城市，同时也是一个极其富裕的地方，但它的宏伟壮观和殷实富饶却丝毫吸引不了康恩-埃达，因为他的爱马遭受的一切已经让他无暇关心其他事了。

他往里走了五十多步，马上想起了爱马最后的请求，便转身前去完成他最后神圣的任务。

当他回到爱马遗体所在的地方时，眼前的景象可怕得让人颤抖：成群的乌鸦和其他食肉鸟类正疯狂地撕咬和吞噬他爱马的肉体。他马上赶走了这些鸟儿，然后打开他的小瓶万能药准备往下滴，此时此刻，他认为用珍贵的灵药来抚慰残缺不全的尸体是一种爱的行为。这神奇灵药几乎没有接触到他的尸体，但令康恩-埃达震惊的事情发生了，小马的身体开始发生一些奇怪的变化，几分钟后，王子又惊又喜地发现，小马竟变成了一位你所能想象的最英俊高贵的年轻人的模样。王子瞬间就把小马变成的青年拥在了怀里，他高兴地亲吻他，喜悦的泪水快要淹没他了。慢慢地，他们一个从欣喜若狂中冷静过来，另一个则从错愕中回过神来，这位奇怪的青年对王子说：

"尊贵的王子，你是世间最美好的存在，遇到你是我最幸运的事！你看！我已经变回我原来的样子了，我就是你那匹小长毛马！我是弗波族国王的兄弟。正是邪恶的德鲁伊教士菲恩·达德纳让我困在马身里这么久；不过当你去找他问询的时候，他对我的魔咒就因我们之间誓约的打破而失效了；

要是你坚持你的想法，那我是绝不可能恢复现在的身形的。催促王后，也就是你的继母，让她派你去找我哥哥养的骏马和超能猎犬的女巫正是我的姐姐。不过，请放心，她并不想伤你分毫，不然她不费吹灰之力就能达到目的。相反，她是来帮你的，你慢慢地就能发现她做的那些好事。简而言之，她只想把你从未来的危机之中解救出来，并借你之手把我从无情的坏人手中拯救出来、恢复人身。我亲爱的朋友和救命恩人，跟我来吧，骏马、超能猎犬，还有金苹果都将属于你，大家都在我哥哥的皇宫里等待你的到来，你值得一切嘉奖！"

两人都兴奋极了，他们没有在闲聊和祝贺上耗费过多时间，而是动身前往厄恩湖国王的皇宫；他们在宫殿受到了国王和领主的热情接待。当国王知道康恩-埃达来访的目的后，他同意将黑色的骏马、名为萨梅尔的超能猎犬以及花园里成熟的三个苹果赠送给康恩-埃达，但有一个特别的条件——王子要同意在他的皇宫里休养，等合适的时候再踏上旅途，去完成他的使命。在朋友们的好言相劝下，康恩-埃达最终同意了。那段时间里，他在厄恩湖弗波族国王的宫殿里享用了最美味的食物，度过了最快活的日子。

到了出发的日子，他怀里揣着三个从花园中间的水晶树上摘下来的金苹果，手中牵着拴好的猎犬萨梅尔，那匹黑色的骏马也配好了马鞍等待着他上马。国王亲自帮他上马，国王兄弟俩都向他保证，这次他不必再惧怕熊熊燃烧的山脉和咝咝作响的毒蛇了，因为他的骏马就是进出水下王国的通行证，没有谁会再阻拦他了。兄弟俩都催促康恩-埃达许下一个承诺——至少每年都要来拜访他们一次。

康恩-埃达与朋友、国王一一告别。双方都因仍有遗憾而依依不舍。返程路上一路顺畅，他在约定的最后一天抵达了父亲的城堡。

那时王后还待在塔顶上，不过尚不知情的她还满心欢喜，因为这就是她被囚禁的最后一天了，只要王子不出现，他就永远丧失了王位的继承权。但她的幻想注定要破灭，因为她派去监视王子的信使跑来告诉她王子已经回来了，这消息如同惊天霹雳，让她一时难以接受。她看见王子骑在一匹配饰华丽的黑马上，手中还牵着一只用银链拴着的奇怪的动物时，她就知道王子这是凯旋而归了，她一心想要毁掉他的计划泡汤了。失望透顶的她痛不欲生，从塔尖一跃而下，摔得血肉模糊。

知道儿子归来的国王热情地前来迎接他，可怜的国王还曾伤心地为儿子哀悼过，那时他以为自己已经永远地失去了心爱的儿子；后来大家都知道了王后的卑劣行为，国王和领主便下令将她的尸体烧成灰烬，让她为自己的背叛和狠毒的行为付出代价。

康恩－埃达把三个金苹果种在了自己的花园里，不一会儿地里就长出了一棵大树，还结出了金苹果。神树让整个地区的庄稼和水果都茂盛生长，树上金苹果的魔法力量更是将这片土地变得更加肥沃丰饶。猎犬萨梅尔和黑骏马后来成了国王最得力的助手；康恩－埃达在位时间很长，统治期间国家繁荣昌盛，四处洋溢着幸福和欢乐，老百姓的玉米、水果、牛奶、家禽和渔产都大获丰收，人人都脸上挂满笑容，对国王赞不绝口。正是有康恩－埃达这位伟大的国王，后来人们才将爱尔兰西部的省份命名为康瑙赫特省或康纳达省、康纳赫特省，以此纪念他的功绩。

[爱尔兰]威廉·巴特勒·叶芝整理，金珂译，选用时有改动。

Norwegian

挪威

Folk Tales

民间故事

太阳以东，月亮以西

很久以前，有一个穷苦的农夫，农夫一家十分贫困，日子过得紧巴巴的。他有很多孩子，孩子们很漂亮，其中最小的女儿尤其漂亮。她可爱极了，简直无法用语言形容。

那是一个深秋的夜晚，星期四，天气非常糟糕，夜色很黑，暴雨倾泻而下，狂风肆意咆哮，墙壁似乎都要被吹倒了。大家围坐在火炉旁，各自忙碌着。突然，窗边传来咚咚咚的敲击声。农夫立即起身去看看发生了什么，他一打开门就看见了一只白熊。

"晚上好啊！"白熊打招呼。

"晚上好！"农夫应和着。

"你愿意把你的小女儿许配给我吗？如果你答应，你的全家会吃穿不愁，从此过上富足的生活。"白熊说。

谁会和钱有仇呢？一想到自己将会变成有钱人，农夫就喜上眉梢。随后他又冷静下来，心想还是得和小女儿商量一下。于是他转身回到屋子里，告诉小女儿外面有一只白熊前来求娶她。而且只要她肯答应，全家就能过上锦衣玉食的生活。

可是小女儿哪里肯答应。无论如何，她都不愿点头。不得已，农夫让白熊下个星期四再来，到时再给他答复。农夫在这段时间里不断劝说小女儿答应下来，让她想想日后全家的富裕日子，以及小女儿自己也会享受到的荣华富贵……最后，女孩无奈地答应了。她洗了洗自己的破衣衫，又缝补了一番，好尽量让自己看起来整洁些，然后静静等待着那一天的到来。

星期四一到，白熊准时来接她，女孩拿上包裹，伏在白熊背上启程了。他们走了一会儿，白熊问女孩："你怕吗？"

"我不怕。"女孩回答。

"好，抓紧我，什么都别怕。"白熊接着说。

就这样，白熊驮着女孩奔跑了很久很久，直到他们来到一座非常陡峭的山丘前。白熊停了下来，叩了叩眼前的大门。大门应声打开，一座城堡出现在他们面前，他们径直走了进去。城堡里有很多房间，从这些房间里闪烁出或金色或银色的光，里面还有一张摆满东西的大桌子。一切都是如此的隆重。白熊送给女孩一个银铃铛，并且告诉她，当她有任何需求的时候，只要摇响铃铛，她的愿望就能实现。

夜色已深，旅途的疲累使女孩感到困倦，她实在想睡上一觉，于是摇响了铃铛，还没等她反应过来，女孩就已经置身于一间卧室中了。卧室里摆着一张放有丝绸枕头的大床，看起来干净整齐又柔软舒适，大床的上方还垂挂着金色流苏的窗帘，任凭谁看了都想躺在上面休息一会儿。总之，整个房间里的东西不是金的就是银的，奢华无比、璀璨夺目。到了要睡觉的时候，女孩关上灯、爬上床，但就在这时，有人走了进来，躺在了她的身边。她觉得那人就是脱了熊皮的白熊，可是她也不能确定，因为她从来没有亲眼见过他的样子，他总是在灯熄后来、天亮前走。

这样看似幸福的日子持续了一段时间，可是女孩却变得越来越郁郁寡欢，因为从早到晚这里就只有她一个人，她连其他人的人影都看不到，她很想回家去看看家人。白熊觉察到了异样，问她是不是有什么心事，于是女孩说出了她的孤单和寂寞，还说她很想回家看看，可是她又不能这样做，所以才不住地伤心难过。

"我还以为是出了什么大事，"白熊长舒一口气，"你只管回去就是了，不过，你要答应我，绝对不要单独和你的母亲谈话，因为她一定会拉着你进房间里问东问西的，而你也会忍不住全盘托出。所以你要答应我千万别那么做，不然我们可要倒大霉的。"女孩答应了。

白熊选择在一个星期日送女孩回家。她还是像来时那样坐在他的背上，还是过了很久很久，最后他们来到了一个大庄园。女孩的兄弟姐妹在大庄园里嬉戏玩耍，一切看起来是那么和谐、那么恬静。

"从今往后你的家人们都住在这儿了，"白熊嘱咐道，"你一定要记住我说的话，不然我们都会有麻烦的。"

女孩点头答应，然后就走进了家门，白熊看着女孩进了家门就转身离开了。

女孩终于见到了父母，一家人都欢天喜地的。女孩的付出换来了全家人越来越好的生活，他们对此非常感激，于是关心起女孩在城堡里的生活来。

女孩表示她过得很好，白熊对她百依百顺。也许这并不是大家想听到的答案，晚饭过后，白熊担心的事还是发生了。女孩的母亲非要带她到别的房间单独谈话，可是她时刻记着白熊的嘱咐，拒绝了母亲的提议。

"我是不会和你进屋去的！"女孩说什么都不肯。但是鬼使神差的，她还是被母亲说服了，一字不落地描述了城堡里的生活：每当她晚上关灯、躺在床上准备睡觉的时候，就会有人走进来，躺在她的身边，可是不等天亮，他又会起身离开。她从来没见过那个人的样子，她很想知道他是谁；还有，她在城堡度过的无数个白天里，城堡里始终空无一人，她形单影只，陪伴她的只有无尽的寂寞孤独，为此她每日都郁郁寡欢。

"我的老天爷！"母亲惊呼，"你说的那东西准是个怪物，你是和怪物在一起生活啊！这样，你拿上这一小截蜡烛，贴身藏好，等他晚上熟睡的时候，你就点燃蜡烛，好好看看这怪物的样子，记住千万不要把蜡油滴到他的

158

衣服上弄醒了他。"

女孩听了母亲的话，把这一小截蜡烛藏在了身上。夜幕降临，白熊来接她回去。在回去的路上，白熊问女孩有没有单独和母亲谈话，女孩不置可否。

白熊见状说："如果你真的单独和你母亲谈话，并且照你母亲说的那样做的话，厄运就会降临，我们拥有的一切都会荡然无存的。"

女孩连忙否认，因为她心里并不愿意这样的事真的发生。

他们又赶了一段路之后回到了城堡。到了晚上，女孩躺在床上准备睡觉了，那个人又走了进来，躺在了她的身边。女孩实在好奇他是谁，便一直都没有睡。等到深夜已至，那个人已然熟睡，女孩小心地点燃了早已藏在身上的那一小截蜡烛。透过柔和的烛光，一张她从未见过的格外英俊的脸出现在她眼前，只这一瞬，她便爱上了他。她缓缓俯身，满怀爱意地低头轻吻他的脸。烛光忽明忽暗，蜡油慢慢溢了出来，滴落在他那雪白的衬衫上。他猛然惊醒！

"看看你都做了什么？"他惊恐又痛苦，"你让我们深陷不幸了。一年，就忍这一年，我就能重获自由了。你知道吗？我本是一个王子，可是我的继母对我施了魔咒，让我在白天以熊的样子示人，只有到了夜晚我才能变回人，这咒语马上就能解除了，可是你却把这一切搞砸了。现在我不得不离开你，到继母住的那个在太阳以东、月亮以西的城堡去，和一个有着三尺长鼻子的公主结婚。"

女孩痛哭流涕，但于事无补，王子就要离开了。她很想和王子一起走，但显然这不可能。

"你能告诉我去那里的路吗？"她抽泣着，"好让我找到你，我一定会找到你的。"

可是事实上，根本没有直接通向那里的路，那是个在太阳以东、月亮以西的地方，她不可能找到。

清晨，女孩醒来了，王子和城堡都不见了，她自己则躺在一片密林深处的绿草地上，手里还拽着她的包裹。

女孩昏昏沉沉的，她强打起精神，就匆忙赶路了。她不知走了多久，也不知走了多远，直到来到了一个高耸入云的峭壁前。山脚下坐着一个巫婆，她正漫不经心地玩着一个金苹果。女孩走上前询问巫婆如何能到达太阳以东、月亮以西的城堡，她说她心爱的王子马上就要在那里和一个长鼻子公主结婚了。她无论如何都要想办法到达那里，去阻止这场婚礼。

巫婆打量着女孩，问道："你想嫁给他？"

女孩默不作声，可是每个人都能看出她的心思。

巫婆接着说："哦，那是个在太阳以东、月亮以西的城堡，你永远也不可能到达那个地方的。不过，我可以把我的神马借给你，你骑上它去找下一个巫婆吧，也许她能帮到你。你到了之后，拧一下神马的左耳，它自己就会回到我这里来了。对了，拿上这只金苹果吧，或许它能派上用场。"

女孩装好金苹果，骑上神马，走了不知多远，来到了另一座峭壁前。她在山脚下又遇见了一个巫婆，这个巫婆的手里握着一把金梳子。很可惜，这个巫婆也没能说出去城堡的路。

"我可以把我的神马借给你，你骑上它去找下一个巫婆吧，也许她能帮到你。你到了之后，拧一下神马的左耳，它自己就会回到我这里来了。对了，拿上这只金梳子吧，或许它能派上用场。"

女孩装好金梳子，骑上神马又出发了。遥远的旅途使小女孩感到非常疲惫，她好不容易来到了最后一座峭壁前。她在山脚下再次遇见了一个巫婆，这个巫婆正转动着金纺车。女孩失望极了，因为这个巫婆也不知道具体的路。

"我可以把我的神马借给你，你骑上它去找东风吧，也许他能帮到你。你到了之后，拧一下神马的左耳，它自己就会回到我这里来了。对了，带上这个金纺车吧，或许它能派上用场。"

女孩骑上神马，走了很久很久，终于到了东风那里。可是东风也不知道去那座城堡的路，毕竟他能力有限，从来没把风吹到过那么远的地方。

"如果你愿意，我可以送你去我哥哥西风那里，他更强壮，比我吹得更远些。你坐到我的背上来，我这就带你去。"女孩坐上东风的背，他们快速地前行。

东风把女孩带到了他那力量更强大的哥哥西风面前。

"我不知道那个地方，"西风说，"我也没到过那么远的地方。不过，我的哥哥南风身体更强壮，他还曾游历过四方，见多识广，或许他能帮到你。你坐上我的背，我们这就走。"女孩坐上西风的背，以更快的速度前行。

于是他们又来到了南风的家。

"不错，我曾游历过四方，"南风说，"可是你说的那个那么遥远的地方，我还没能到达过。如果你愿意，我可以送你去我们的大哥北风那里，他是我们当中年龄最长、力气最大的，如果连他也不知道，那我想你可能永远也找不到你说的那个地方了。你坐到我的背上来吧，我带你去见他。"她坐上南风的背，以前所未有的速度前行着。

他们又一起来到了北风的家。

北风粗鲁又可怕，浑身散发着冷酷的气息，让人不敢靠近。

"你们这群人，来这里干什么？"北风隔着很远就冲他们嚷着，寒冷的空气快把他们冻僵了。

"是这样的，"南风解释道，"别这么凶，哥哥，这个女孩的王子住在太阳以东、月亮以西的城堡里。她希望你能为她指引去那里的路，她真的很想

找到他。"

"我知道那个地方，"北风说，"我曾经把一片白杨树叶吹到过那里，可是那里太远了，累得我半死，我缓了好多天才恢复过来。如果你真想去，也不怕我的话，我就试试看能不能把你带到那里去。"女孩毫不犹豫地答应了，至于恐惧，只要能找到她的王子，她就什么都不怕。

第二天一大早，北风唤醒了小女孩之后就开始吹起风来，渐渐地，风越来越大，越来越猛，席卷了天地。北风拼尽全力地将她吹升到空中，这狂暴的大风仿佛永远不会停止，直到他们抵达世界的尽头。

由此掀起的猛烈的风暴横扫了一路的房屋和树木，还卷集了翻滚的海浪，掀翻了数百只航行的船只。可当他们即将要飞越大海时，北风已经疲惫不堪，上气不接下气，再也吹不动一丁点风。他低垂着翅膀，飞得越来越低，越来越低，以至于浪花打湿了他的脚后跟。

"你怕吗？"北风问。

"我不怕！"小女孩回答得很坚定。

眼见就要到达目的地了，北风用仅存的一点力气终于把女孩送到了太阳以东、月亮以西的城堡旁的岸边。此时的北风精疲力尽，他不得不歇上几天再返回家去。

休息了一夜之后，清晨，女孩坐在城堡的窗户下摆弄起那个金苹果。这时，有人从窗户里探出头来，女孩一眼就认出了她就是那个要和王子结婚的长鼻子公主。

"这个金苹果多少钱？"长鼻子公主问道。

"不卖，给多少钱都不卖。"女孩答道。

"多少钱都不卖？那你想要什么呢？"公主说。

"我想在城堡里住上一晚，见见这里的王子。如果你答应，这个金苹果就归你了。"

"没问题，今晚就来吧。"长鼻子公主如愿得到了这个金苹果。

可是当女孩晚上来到王子卧室的时候，王子睡得很沉很沉，任凭女孩如何呼唤他的名字、摇晃他的身体，他都没有醒来。女孩哭了一整夜，天一亮，长鼻子公主便把她赶走了。

女孩没有放弃。第二天清晨，她又坐在了窗户下面，手里拿着那把闪闪发光的金梳子。长鼻子公主又被金梳子吸引住了，要买下它。可是女孩说她什么钱财都不要，她只想去城堡里见见王子。长鼻子公主答应了女孩的请求，得到了金梳子。可是当女孩再次来到王子卧室的时候，他又睡着了，而且睡得很沉很沉，任凭女孩如何呼唤他的名字、摇晃他的身体，他都没有醒来。女孩又哭了一整夜。等到天亮，长鼻子公主再次把她赶走了。

第三天清晨，女孩再次坐在了窗户下面，转动着她的金纺车。长鼻子公主看见金纺车，两眼放光，想要买下它，但和前两次一样，女孩就是不卖，除非让她在晚上见见王子。长鼻子公主答应了，并且得到了金纺车。女孩期盼着晚上的到来。

恰巧，王子卧室的隔壁是一间铁栅栏做的牢房，里面关着几个人。他们一连两晚都听到卧室里传来的女孩的哭声，于是把这件事告诉了王子，王子似乎意识到了什么。

夜色暗了下来，长鼻子公主像前两天一样偷偷把安眠药放入了王子的水杯，然后端给王子，王子接过水杯，假装喝水，等她走后就把水吐了出来。不久后，女孩进来了，这次她终于见到了清醒的王子。

"你终于来了，"王子激动地对女孩说，"明天我就要被迫和长鼻子公主举行婚礼了，不过你知道的，我是不会答应的。而且，我已经想好了一个计策。你还记得那件滴有三滴蜡油的衬衫吗？蜡油是你滴上去的，所以也只有

你才能把它洗干净。明天你照我说的做就行了。"女孩满口答应。那天王子和小女孩度过了一个美好的夜晚。

第二天，王子和长鼻子公主的婚礼如期举行。在婚礼上，王子突然拿出一件衬衫，当着众人说："各位，如你们所见，这是一件制作精良的白色衬衫，我原本打算要在婚礼上穿的。可是很可惜，这件衬衫脏了，上面被滴了三滴蜡油，我此前发过誓，只有能把它洗干净的人才有资格成为我的新娘。不知道谁能有这个本事。"

"洗衬衫有什么难的？"长鼻子公主拿过衬衫，使劲地搓洗，可是她越洗，污迹反而变得越大。

"天啊，我的女儿，你连衬衫都不会洗！"长鼻子公主的母亲实在看不下去了，"我来！"她自告奋勇拿过衬衫，可是她的手指刚一碰到衬衫，它就变形了；她一搓，污迹变得更大了。

其他人见状纷纷上前抢过衬衫来洗，可是他们越洗，衬衫就变得越脏，最后这件衬衫脏得就像刚从烟囱里拖出来的一样。

看着奇脏无比的衬衫，王子说："你们当中没有一个人能洗干净这件衬衫，门外有一个女孩，她洗得比你们中的任何人都要好，快把她带进来。"

听见王子的召唤，女孩轻手轻脚地走了进来。

她温柔地把衬衫浸入水里，只见衬衫立马就变得雪白如初。众人看了纷纷觉得不可思议。

"果然，你才是我的新娘！"王子宣布女孩才是他真正的新娘。

长鼻子公主和她的母亲怒火中烧，但是也没有办法，只得悻悻地离开了。

后来，王子和女孩释放了关在牢房里的犯人们。他们还带上了尽可能多的财宝，永远地离开了那座太阳以东、月亮以西的城堡。

十二只野鸭

很久很久以前的一个冬天，刚刚下过一场新雪。一位女王驾着雪橇出行了，雪橇在雪地上自由地滑行着。

突然，女王的鼻子流血不止，她不得不从雪橇上下来处理。她倚靠在栅栏旁休息一会儿，看到皑皑的白雪上泛起点点鲜红，在阳光的映衬下看起来美极了，她不禁感慨道："我真想生一个有着雪白的肌肤和娇嫩的红唇的女儿啊！可惜我只有那十二个儿子。"

不料，这话恰巧被一个经过的女巫听了去。

"你会有一个漂亮的女儿，"女巫说，"她长得就像你说的那样，有着雪白的肌肤和娇嫩的红唇。不过，作为交换，当你的女儿过完一周岁生日的时候，你的十二个儿子就任我处置了。"

女王和女巫达成了交易。

过了不久，女王果然生了一个漂亮的女儿，她有着雪白的肌肤和娇嫩的红唇，于是大家都叫她"雪白玫瑰红"。女王的心愿已达成，她高兴得不得了，全国上下也都沉浸在一片欢乐祥和的气氛中。这时，女王想起了和女巫的交易，她就要失去自己的十二个儿子了，于是她命令银匠打造了十三只一模一样的调羹，把其中的十二只留给了儿子们，每人一只，而把剩下的一只留给了女儿雪白玫瑰红。

雪白玫瑰红一周岁的生日到了，女王就要和儿子们分别了。她还没来得及和儿子们告别，他们就变成十二只野鸭飞走了，一去不复返，从此再也没有人见过他们。

时间过得很快，雪白玫瑰红渐渐长大，她出落得高挑纤细、亭亭玉立。可是她看上去并不那么开心，总是郁郁寡欢的，没人知道她为什么如此难过。女王也总是夜不能寐，这都源于她对儿子们的愧疚。看着伤心的女儿，女王担心地问道："你这是怎么了？为什么如此难过？告诉我吧，我的孩子，无论什么样的要求我都会满足你。"

"我感到很孤单、很寂寞，"她说，"几乎每个人都有兄弟姐妹，唯独我没有，我很难过。"

"别难过，"女王安慰她说，"你有的，其实你有十二个哥哥，只不过，只怪母后和女巫做了一个交易，有了你之后，他们必须得离开。"女王将全部实情告诉了女儿。

雪白玫瑰红得知了事情的原委后，她的心久久不能平静。她觉得这都是自己的错，她要离开王宫去寻找她的哥哥们，女王怎么劝阻都没用。最后，她带着自己的那只银调羹离开了王宫，她走啊走，不知走了多远，也不知走了多久，谁能想到一个如此娇弱的女孩却拥有如此大的能量。

雪白玫瑰红拖着疲惫的身体走入了一片无边无际的森林里，她疲倦极了，坐在一个小土墩上睡着了。她梦见自己走进了丛林深处的一个小木屋，还见到了她的哥哥们，她高兴得手舞足蹈起来。她一下子惊醒了，发现面前的绿色苔藓上有一条被踩出来的小道，于是她顺着这条小道来到了丛林深处。真是难以置信，那个她梦里的小木屋就真切地出现在她眼前。

她好奇地走进了小木屋，可是里面一个人都没有，只摆放着十二张床、十二把椅子和十二只调羹，木屋里的东西几乎都是十二份。她情不自禁地嘴角上扬，她太开心了，她已经很多年没这么开心过了，因为她十分确定，小木屋里的这些床、椅子和调羹都是她的哥哥们的，她终于要见到哥哥们了。

她马不停蹄地忙活起来，生火、打扫屋子、整理床铺和准备晚饭。她准备了十三份晚饭，吃完了自己的那一份后，也许是因为害怕，她爬到了最小的那张床的下面藏了起来。慌乱中她忘记了收好自己的调羹，那只调羹还在桌子上。

雪白玫瑰红刚藏好，就听见屋外传来的阵阵呼啸声和翅膀扇动的声音，随后十二只野鸭停在了门槛上，在进屋的同时变回了人。

"哇，今天屋里真暖和啊，"木屋里的温暖和准备好的晚饭让其中一个王子不禁感叹，"老天保佑那个给我们生火、做饭的好心人。"

于是他们便拿起自己的调羹准备享受美味的晚饭。可是他们发现桌子上还剩了一只调羹。这只调羹和他们手里的那只一模一样。

"这一定是妹妹的调羹，"另一个王子说，"当时母亲一共给我们打造了十三只一模一样的银调羹，这只肯定是她的，她人一定在附近。"

"我们先在屋里找找吧，"最年长的王子建议道，"她真不该活在这个世上，就是因为她，我们才过着这样的苦日子。"

雪白玫瑰红在床下听到这些话，心里很难过。

"别这么说，"最小的王子说，"她是无辜的，要怪就得怪我们的母亲，是母亲让我们过得人不像人的。别说了，我们先找到她再说吧。"

于是哥哥们开始四处搜索，厨房里、床底下，他们检查了屋子里的每个角落。他们在那张小床的下面发现了雪白玫瑰红，把她拖了出来。见到雪白玫瑰红，最年长的王子气坏了，对她恨得咬牙切齿。

"亲爱的哥哥们，不要生气，我一直在找你们，我宁可牺牲自己也要恢复你们的自由身。"

"那好，"最年长的王子说，"还我们自由身倒是有一个办法，你愿意帮助我们吗？"

"我当然愿意，快告诉我该怎么做，"雪白玫瑰红说，"无论什么，我都愿意照办。"

"你得去采摘蓟花，"他说，"理顺它们，再把它们纺成线，然后编成布料，最后剪裁这些布料，把它们缝制成十二件外套、十二件衬衫和十二个领结。我们把这一套穿在身上，就能恢复自由身了。不过，你要记住这段时间里你不能说话，不能笑也不能哭。"

"可是我要到哪里去采摘这么多的蓟花呢？"雪白玫瑰红问。

"我们带你去。"说完，王子们带她来到了一个沼泽地，那里种了好大一片蓟花。在和煦的微风下，在轻柔的阳光里，它们肆意地摆动着、飘拂着，泛着如薄纱一般纯净、耀眼的光芒。雪白玫瑰红从未见过这么多的蓟花，她飞奔到蓟花群里开始采摘。她一直忙到了晚上，她把采好的蓟花一束一束梳理好，再纺成线，一刻不停地忙碌着。除此之外，她也总想为王子们多做些事情，自愿照料起王子们的生活，打扫屋子、整理床铺、煮饭，每天都循环往复地做着这些工作。

不过，意想不到的事发生了。这个地方有一个国王，他喜欢打猎。就在雪白玫瑰红最后一次外出采摘蓟花的时候，国王正好在这片沼泽地附近打猎，他看见了雪白玫瑰红，对她一见钟情。他走上前去问她的名字，她不做回答。他对这个女孩更感兴趣了。雪白玫瑰红看到温润如玉、风度翩翩的国王，也心生爱慕之情。国王要把她娶回王宫里，问雪白玫瑰红是否愿意。面对国王真诚的眼神，她答应了。不过，她时刻记着王子们的嘱咐，始终没有说话。她指了指旁边装满蓟花的袋子，示意国王把这些袋子也带上。国王瞬间明白了她的心思，便带上袋子和雪白玫瑰红骑上马回王宫了。

很快，国王和雪白玫瑰红就回到了王宫。国王的继母看见如此美貌的雪白玫瑰红，不由得心生嫉妒：

"你看这个人不吭一声、面无表情，她肯定是个坏女人，快把她赶走！"

国王根本就不相信她的话，他非常信任雪白玫瑰红。他们很快就举行了婚礼，开始了幸福的生活。过上了好日子的雪白玫瑰红依然不停歇地为哥哥们缝制衣服。

一年很快就过去了，雪白玫瑰红诞下了一位王子，得到了国王更多的宠爱。继母越发嫉妒和讨厌雪白玫瑰红了。一天，夜深人静的时候，继母趁着雪白玫瑰红熟睡，偷偷溜进她的房间抱走了孩子，把孩子扔进了蛇窝，然后割破雪白玫瑰红的手指，把鲜血抹在她的嘴角上，并禀告国王，嫁祸她吃掉了自己的孩子。

"你看，她就是一个坏女人，"继母说，"她竟然吃了自己的孩子！"

国王很生气，但是他是如此爱着雪白玫瑰红，他决定给她一次机会，"她以后不会这样做了，我这次就原谅她。"既然国王都原谅了她，继母也无话可说。

又过了一年，雪白玫瑰红又诞下了一个儿子。继母故技重施，又趁着雪白玫瑰红熟睡偷走孩子，把孩子扔进了蛇窝，然后割破她的手指，将鲜血抹在她的嘴角上，嫁祸她吃掉了自己的孩子。国王知道这个消息后，悲痛不已，但是他还是再次原谅了雪白玫瑰红。

到了第三年，雪白玫瑰红诞下了一个女孩，继母又上演了同样的戏码，又一次嫁祸给雪白玫瑰红。继母向国王告状："她就是一个坏女人，她连着吃了自己的三个孩子！"

这次国王再也无法原谅雪白玫瑰红，他伤心欲绝，下令要把她绑在火堆上烧死。雪白玫瑰红想为自己辩解，可是她不能说话，她一心只想救自己的哥哥们。当她将要被绑在燃烧的火堆上面时，她打了个手势，示意仆人搬来十二块木板，把它们摆在火堆周围，然后她从容淡定地在木板上依次摆好

为哥哥们准备的领结、衬衫和外套,只可惜给最小的王子的衬衫还差一个左袖。她刚把衣服摆好,空中就传来了野鸭振翅的呼啸声,紧接着十二只野鸭越过树林飞了过来,叼走了属于自己的那件衣服。

"国王,快看!"继母喊道,"她就是一个坏女人,趁着木头还没烧完,赶快把她推进火堆里!"

"先等等看，"国王说，"木材我们有的是，看看情况再说。"

不一会儿，十二个王子骑着马赶来救雪白玫瑰红了，他们如此英俊和潇洒，不过，很可惜最小的王子的左胳膊还是翅膀的样子。

"你为什么要这样对待我们的妹妹？"王子们质问国王。

"她是一个坏女人，"国王回答，"她吃掉了自己的孩子！"

"不可能，"最年长的王子说，"妹妹，快说话，我们已经得救了，说出实情吧！"

终于，雪白玫瑰红开口说话了，她讲述了事情的经过：国王的继母趁着夜色偷走了她的孩子，割破她的手指，将鲜血抹在了她的嘴角上，嫁祸她吃了自己的孩子。

听到这里，国王对继母恨到了极点，又对雪白玫瑰红充满愧疚。这时，王子们带着三个无比可爱的孩子来到了国王的面前。

"她根本就没有吃掉自己的孩子，我们救了孩子们。"王子们说道。

看到三个孩子安全归来，国王对王子们非常感激，同时对自己错怪雪白玫瑰红表示懊悔。

国王来到了继母面前，问她要怎样惩罚一个狠心吃掉三个无辜幼子的人才好。

"她的手脚应该被系在十二匹野马上，当野马向各个方向冲出去的时候，把她撕成碎片。"继母得意地说。

"好，你亲自对自己所犯下的罪行做出了宣判。"国王说。

于是，国王就按照继母说的方式结束了她的生命。无比勇敢的公主打破了女巫的魔咒，救了她的十二个哥哥们。后来，国王带着雪白玫瑰红和三个可爱的孩子，还有十二个王子回到了雪白玫瑰红的国家，雪白玫瑰红的母亲和子民热烈欢迎王子和公主的归来。

蓝山上的三位公主

从前，有一位国王和王后，他们一直没有孩子，他们非常渴望膝下能有儿女承欢，这种渴望压抑在心底许久，以至于他们几乎没有过过一天幸福快乐的日子。一日，国王倚在宫殿的门廊上眺望着眼前所有属于他的一切，可他始终无法快乐起来，因为他不敢想象自己百年之后这个无人继承的国家将会变成什么样子。正当他若有所思时，一位乞讨的老妇人突然出现在他面前，她礼貌地向国王打招呼并施以屈膝礼，然后友善地询问国王发生了什么事，因为他看起来实在是悲伤极了。

"你帮不了我的，这位好心人，"国王说，"告诉你也没有用。"

"这倒也未必，"老妇人说，"我猜陛下担心的是王国没有继承人。您不必为此悲伤过度，因为很快王后就会诞下三位小公主，不过请您务必记住，她们在十五岁之前一定不能离开宫殿半步，否则会有一阵暴风雪将她们卷走的。"

说完，老妇人就消失了，国王对此将信将疑。

不久，王后果然生了一个漂亮的女孩，并且在接下来的两年内又生了两个女儿。国王想到老妇人的预言成真了，高兴得不得了，转而又想到老妇人的告诫，不由得心头一紧。于是国王命令守卫严守宫殿的大门，以免公主们不小心跑出宫殿，被暴风雪卷走。

时间一天天流逝，公主们很快就长大了，她们出落得美丽又大方，每天都过着无忧无虑的生活。所有的一切都让她们觉得顺心顺意，她们唯一的不满是不能像其他孩子一样去看看外面的世界。她们苦苦哀求父母，恳求警

卫，但都没有成功。因为国王牢记老妇人的嘱咐：在她们十五岁之前，一步都不能离开宫殿。

就在最小的公主十五岁生日前不久，国王和王后驾车外出，公主们站在窗前看到外面的美丽风景：草木郁郁葱葱，在阳光下泛着光泽，一切都是如此美好。她们觉得这次无论如何都必须要出去感受这美丽的风景。于是，她们三个人使出了浑身解数，央求守卫能让她们到花园里去玩，但守卫还是拒绝了她们的请求。

"亲爱的公主们，国王告诫过我不能让你们离开宫殿半步，否则暴风雪会把你们卷走的。"

"你可以亲眼看到外面是多么的温暖祥和，这样的天气怎么可能下雪呢？"公主们说道。

的确如此，守卫自己也想不通，这样晴朗的天怎么可能会刮暴风雪呢。守卫想到公主们长这么大都没看见过外面的世界，实在可怜，如果只放她们出去玩一小会儿应该没关系的，警卫这样想。但他要求她们只能去一分钟，他自己也会和她们一起去，好保护她们。

她们走到花园里，跑上跑下，还摘了最漂亮的花抱了满捧。但就在她们要进屋的时候，她们看到在花园的另一端有一朵硕大饱满的玫瑰。这朵玫瑰比她们之前采到的任何一朵都要漂亮许多倍，所以她们想把这朵玫瑰带回去。但就在她们弯下腰去摘玫瑰的时候，突然一场飓风袭来，把她们全部卷走了。

整个国家都陷入了巨大的悲痛之中，国王因此发布圣旨：谁能救出公主，谁就能得到王位，还能娶他喜欢的任何一位公主为妻。

太多人想得到这个王位了。因此，无论地位高低，人们从全国各地涌向王宫。但还是没有人能够找到公主，甚至一点消息都没有。

一天，两个看起来十分勇猛的军官来到了王宫，他们一个是上尉，一个是中尉，他们自告奋勇去寻找公主。国王给他们准备了足够多的盘缠，并祝愿他们取得成功。于是，两位军官上路了。

就在离皇宫不远的一个小屋里，住着一个士兵和他的母亲。一天晚上，士兵在熟睡中做了一个梦，他梦见自己也在努力地寻找公主们。早上起床的时候，他觉得这个梦有些不可思议，便把他做的梦告诉了他的母亲。

"没什么可担心的，"母亲说，"除非你连续三个晚上做同样的梦，偶尔一个奇怪的梦并没有什么意义。"但是接下来的两个晚上，士兵又做了同样的梦，他觉得这次他必须要听从梦境的指引了。于是他洗了个澡，穿上了制服，来到了王宫，准备去寻找公主们。

"你回家去吧，"国王说，"公主不是你这等人该去找的，况且，我今天给出去很多钱了，凑不出足够的盘缠给你了，你下次再来吧。"

"我立刻就能出发，"士兵说，"我不需要钱，我只需要在水壶里装些水，在背包里装一些食物。"

听到士兵这样说，国王给士兵准备好了他想要的一切。

于是士兵出发了，他没走多久就赶上了比他先出发的上尉和中尉。

"小伙子，你去哪里啊？"上尉问士兵。

"我要去找公主们。"士兵回答。

"我们也是，"上尉说，"我们一起走吧。"

于是三人一起上路了。他们走了一会儿后，士兵发现了一条小路，他就离开了大路，打算从这条小路进入森林。

"你要去哪儿？"上尉说，"还是沿着大路走吧。"

"是这样的，"士兵说，"我就是想走小路。"

上尉和中尉决定跟着他走，于是三人一起沿着小路前进。他们越走越远，穿过森林，越过大荒原，又通过了狭窄的山谷。

在他们顺利通过山谷之后，他们的眼前出现了一座长桥，在那座桥上正站着一只熊。这只熊看见士兵一行人之后马上做出攻击姿态，抬起前腿，用后腿站立，准备向他们扑过来，似乎想吃掉他们。

"我们现在该怎么办？"上尉说。

"听说熊喜欢吃肉。"士兵说完，从背包里掏出一块肉向熊扔了过去，趁着熊狼吞虎咽之时，他们赶快悄悄地过了桥。但当他们走到桥的另一端时，突然出现了一只狮子，它咆哮着向他们走来，张着大嘴，那张大嘴足以吞下他们三个人。

"咱们还是赶快右转吧，不然我们可要死定了。"上尉说。

"我可不这么认为，"士兵说，"狮子喜欢吃猪肉，我的包里还有半块猪肉。"然后他把一块猪腿肉扔给了狮子，狮子开始疯狂地撕咬这块肉，他们趁机悄悄地溜走了。

傍晚时分，他们走到了一座漂亮的大房子前。他们走进去，发现那里的房间一间比一间华丽，到处都是闪闪发光的东西，让人目眩神迷。但华丽归华丽，这些东西并不能填饱肚子。上尉和中尉拿着钱袋子在房子里走了一圈又一圈，打算跟房子的主人买些食物。但他们没有看到人，也找不到房子里有任何吃的东西。看着他们饥肠辘辘的样子，士兵从他的包里拿出一些食物分给他们，他们很快就放下姿态，不顾形象地把食物往嘴里塞，好像他们以前从没吃过东西一样。

第二天，上尉说食物总有消耗完的一天，他们必须要出去打猎了，得找些东西来维持他们的生活。他们发现房子附近有一个大森林，森林里有很多野兔和飞禽。中尉留下看家，准备晚饭。他们出去了整整一天，上尉和士兵打了很多野味，多得差点拿不回来，带回这么多的野味差点要了他们的命。他们回到房子，发现中尉看起来非常憔悴。

"你怎么了？"上尉问道。中尉告诉他们，他们刚一离开，就有一个挂着拐杖、留着长胡子的小个子老头儿进来，可怜巴巴地跟他乞讨一个硬币。但他刚拿到硬币就把它掉在了地上。于是，他挂着拐杖步履蹒跚地追硬币，可他的身体很僵硬，根本抓不到这枚硬币。

"我很同情这个可怜的老家伙，"中尉说，"于是我弯下腰帮他捡那枚硬币，但这时他既不僵硬也不孱弱了。他拿着他的拐杖打我，打得我动弹不得。"

"你，堂堂一名中尉，让一个老瘸子把你打了一顿，然后还好意思说出来！"上尉说，"好了，这样吧，明天我留在家里，我来会会这个怪老头儿。"

第二天，中尉和士兵外出打猎，上尉留在家里做饭、照看房子。不出所料，这个怪老头儿又来了，而且上尉所遇到的情况也没比中尉好到哪儿去。中尉和士兵出门之后没多久，怪老头儿就来了，仍旧索要一枚硬币。但他一拿到硬币就把它掉到了地上，怎么找也找不到。于是他请上尉帮他找，上尉想都没想就弯下了腰。他刚弯下腰，老头儿就用拐杖打他，打得上尉晕头转向，站都站不起来。中尉和士兵晚上回到家，发现上尉目光呆滞，也不说话，一动不动地躺在地上。

第三天，士兵决定要留在家里。上尉让他多保重："那个老家伙肯定会把你打死的，小伙子。"

上尉和中尉走后不久，老头儿就进来了，向士兵要一枚硬币。

"我可是一分钱都没有，但食物我有不少，我可以分给你一些，"他说，"但前提是你必须去砍些柴回来。"

"我可不会砍柴。"老人说。

"可以先学嘛。"士兵说，"走吧，跟我去柴房吧，我教你。"

士兵把老头儿带到了柴房，他拖出一根沉重的木头，在上面先劈出一道裂缝，然后打入一个楔子，裂缝变得越来越深。

"你躺下，沿着裂缝仔细看，你就知道该怎么用劲了，"士兵说，"你也能明白怎么用斧头了。"

老头儿丝毫没有怀疑地全部照做了。他乖乖躺下，盯着裂缝认真地看。这时，老头儿的胡子恰好夹在了裂缝里，士兵眼疾手快，马上把楔子打了出来，老头儿的胡子被夹在裂缝里，让他无法动弹。士兵用斧头柄不停地打他，然后又举起斧头威胁老头儿说，如果他不立马说出公主们的下落，他就劈开他的脑袋。

"饶了我吧，饶了我吧，我把什么都告诉你！"老头儿说，"在这座城堡的东边有一个大土丘，在土丘的上面，你挖出一块方形的草皮，草皮下面有一块大石板，石板的下面有一个深洞，顺着洞口下去，你就会到达另一个世界，公主们就被关在那里。但这条路漆黑又漫长，还要闯过水关和火关，你们多半是到不了的。"

士兵放了老头儿，老头儿马上撒腿就跑。

当上尉和中尉回家时，他们惊讶地发现士兵毫发无损。士兵把今天发生的事情从头到尾地讲了一遍，包括公主们在哪里和他们怎样才能找到她们。他们听过之后，精神抖擞，士气高涨，就像已经找到了公主们一样高兴。他们吃过饭，补充好体力，就拿上篮子和尽可能多的绳子，向着大土丘出发了。到了那里，他们首先按照老人的吩咐挖出一块草皮，果然在下面发现了一块大石板，他们用尽全身力气把它翻过来，洞口就出现在了他们面前。随后，他们开始测量这个洞有多深，他们把绳子接了两三次，但还是到不了底。最后，不论绳子粗细，他们把所有的绳子都接上，这才勉强到了底。

上尉当然是第一个下去的人。"如果你们感到我在拽动绳子，就把我拉上来。"他一边说着一边下了洞。这条路伸手不见五指又难以挪步，但上尉认为只要情况不继续恶化，他倒也能忍着走下去。突然间，他感觉到一股不知从何而来的冰冷的水向他扑了过来，灌了他一耳朵，他吓得魂飞魄散，开始拼命地拉扯绳子，中尉和士兵只好把他拉了上来。

　　这次轮到了中尉，但他也没好到哪儿去。他虽然艰难地通过了水关，但被不远处熊熊燃烧着的大火击溃了心理防线，也只好回到地面。

　　最后，士兵带上篮子下了洞，他把篮子当成小船，拼尽全力地划过了水关和火关，一直来到洞底。那里一片漆黑，伸手不见五指。他不敢放开篮子，而是在洞底绕了一圈又一圈，在周围摸索着。终于，他发现很远很远的地方有一丝丝光亮，如同黎明的曙光，他朝着那个方向走去。

　　当他走了一段路以后，他发觉周围的事物开始明亮了起来，不久，他看到一轮金色的太阳在天空中悬挂着，所有的一切都被照亮，如此清晰又实在美丽。他仿佛置身于一个童话世界。他还遇见了一大群牛，这些牛非常壮硕，皮毛也是如此的有光泽，在很远的地方都能看见它们的皮毛在闪闪发光。他穿过牛群，来到了一座精美的宫殿前。

　　他走了进去，路过了许多房间，却没有见到一个人。但随着他的前行，他听到有纺车的嗡嗡声越来越近，当他来到一间房前时，他发现大公主正坐在纺车前纺着铜线，还发现房间和房间里的所有东西都是铜制成的。

　　"你是谁！怎么会到这儿来的？"大公主说，"你来做什么？"

　　"我是来救你出去的。"士兵说。

　　"你还是赶快走吧！如果三头巨魔回来了，他会立刻杀了你的，他可有三个头呢！"她说。

　　"管他有几个头，就是四个头我也不在乎，"士兵说，"好不容易才找到这儿的，我绝对不能空手而归。"

"那好吧，既然你非要如此的话，那我也得做点什么。"大公主说。

"等三头巨魔回来，我会给他挠头抓痒，安抚他，直到他睡着。当我出去的时候，你必须得赶紧进来，"她说，"你先试试看能不能挥动起桌上的那把剑。"

"不行，它太重了。"士兵无法拿起它。他不得不喝了一口挂在门后的牛角里的酒，这才能勉强拿起来这把剑；于是他又喝了一口，他才可以举起它；最后，他喝了一大口，这才可以轻松地挥剑了。于是大公主让士兵藏在前厅的大酿酒桶后面。

一阵妖风起，刹那间地动山摇。三头巨魔踏着令大地颤抖的脚步回到了城堡，整个宫殿都在摇晃。

"嗯？奇怪，怎么有生人的血气味！"他说。

"的确如此，"大公主回答说，"刚才一只乌鸦从这里飞过，它嘴里叼着一根人骨，还把它扔进了烟囱。我把人骨扔了出去，打扫了好久房间，但还是有味道。"

"确实如此，味道很明显。"三头巨魔说。

"你过来躺下吧，我给你搔搔痒，"大公主说，"没准你醒来的时候，气味就消失了。"

三头巨魔没过多久就睡着了，开始打起了鼾。大公主看他睡得很沉，就把他的头放在椅子上，还用垫子垫起来，转身去叫士兵。这时，士兵拿着剑走进房间，一剑就把三头巨魔的三个头全部砍掉了。

大公主高兴得手舞足蹈，带着士兵去找她的妹妹们，希望士兵也能让妹妹们获得自由。他们首先穿过一个院子，然后又穿过了许多狭长的房间，直到他们来到一个大门前。

大公主说：“你从这里进去吧，二公主就在这里。”

他打开门，发现自己位于一个大厅里，大厅里的一切都是纯银的。二公主正坐在一个银色的纺车旁。

“天哪！”二公主说，“你是谁？你来这里干什么？”

“我是来救你出去的。”士兵说。

“你还是快走吧，”二公主说，“如果你被发现的话会没命的。”

“也许吧，如果我没先取了那巨魔的性命的话。”士兵说。

“好吧，既然你要留下来，”二公主说，“你就藏在前厅的大酿酒桶后面吧，时刻做好准备，我一出来，你就抓紧时间马上过去。你先试试桌子上的那把剑吧。”

这把剑比第一把剑大得多，也重得多，士兵没法拿起它。他拿起酒，喝了三口又三口之后，他才可以像挥舞擀面杖一样地挥舞它了。

没过多久，他听到一阵轰隆声，紧接着，一个六头巨魔走了进来。

“唉！”他的鼻子刚一伸进门就说，“有陌生人的血气味。”

“没错，刚刚一只乌鸦叼着一根人骨从这里飞过，还把这根骨头扔进了烟囱。”二公主说，“我把它扔了出去，但乌鸦又把它扔了回来，我又扔了出去，还打扫了房间，但气味还是在。”

“味道很重。”六头巨魔说。

六头巨魔觉得累了，便把头放在二公主的腿上，二公主给他抓痒，直到他发出了阵阵鼾声。随后二公主溜了出去，士兵趁机进入房间，就像砍白菜梗似的把六头巨魔的六个头全都砍了下来。

二公主的高兴程度不亚于她的姐姐，她们又是跳舞又是唱歌。但她们突然想起了她们最小的妹妹。于是她们带着士兵穿过一个大院子，在走过很多很多房间后，他们来到了三公主所在的房间。

整个房间都是金的，房间里从天花板到地板都闪着金光，让人看得眼花缭乱。

"你在这里做什么？"三公主说，"走吧，快走吧，九头巨魔会杀了我们俩的。"

"杀两个和杀一个没什么区别。"士兵回答。公主又哭又闹地求他离开，但没有用，他坚持留下来。既然如此，三公主让他试试能不能用桌子上的剑。不过他只是刚刚能够移动它，它可比之前的两把剑更大、更重。他连喝了九口酒才能把这把剑挥舞得像甩动羽毛一样轻松。三公主和士兵采取了和之前相同的办法：等待九头巨魔睡着，她叫来士兵，然后他进来把九头巨魔干掉。

突然间，他们听到了一阵雷鸣般的响声，整个房子颤抖得仿佛墙壁和屋顶要塌下来似的。

"啊！我闻到了生人的血气味。"九头巨魔用他的九个鼻子嗅了嗅，说道。

"是的，你绝对闻所未闻！ 刚才一只乌鸦飞过这里，把一根人骨扔进了烟囱。我把它扔了出去，但乌鸦又把它叼了回来，来来回回折腾了好久，最后我把它埋了起来，并且把这个地方打扫干净了，但还是有点气味残留。"三公主说。

"是的，我闻见了。"九头巨魔说。

"过来，躺在我的腿上吧，我给你挠挠头，"三公主说，"当你醒来的时候，气味就会全部消失了。"

没多久，九头巨魔鼾声如雷，三公主找来了凳子和垫子垫在九头巨魔的头下面，这样她就可以离开去叫士兵。与此同时，士兵只穿着长筒袜蹑手蹑脚地走进来，向九头巨魔挥剑砍去，八个脑袋齐刷刷地掉了下来，可惜剑太短了，没有砍到第九个头，第九个头醒了过来，开始吼叫。

"啊！果然有生人！"九头巨魔嘶吼着。

"是的，这个生人就在你眼前！"士兵回答。在九头巨魔还没来得及站起来抓住他之前，士兵给了他最后一击，九头巨魔的最后一个脑袋骨碌碌地滚了下来。

公主们高兴得不得了，她们再也不用坐在那里给巨魔们抓痒了。她们不知道该如何报答这个拯救她们脱离苦海的士兵。最小的三公主摘下她的金戒指，把它系在士兵的头发上。然后他们带上了尽可能多的金银财宝，一起踏上了回家的路。

上尉和中尉一直守在洞口，发现绳子在动，上尉和中尉马上拉动绳子把公主一个接着一个地拉了上来。但当公主们安全上去后，士兵才反应过来他应该在公主们上去之前上去的，因为他的这两个伙伴可不是什么值得信任的人。他想试探一下他们，于是他在篮子里放了一个很沉的金块，自己赶快躲在旁边。果然，当篮子升到一半的时候，绳子被割断了，那块金子掉到了底部，发出一声巨响，摔散的碎片在他耳边飞过。

"他已经被除掉了。"上尉和中尉得意地说。

他们威胁公主们，要求她们必须承认是他们从巨魔们手中把她们救出来的，如若不然，她们就一个都别想活着回去。她们不愿意这么做，尤其是最小的三公主，她反抗得最激烈。尽管如此，她们都怕被这两个人杀死，就只好从命了。

上尉和中尉带着公主们回到了王宫。国王非常高兴，他高兴得不知如何是好。他从酒柜里拿出了最好的酒来招待这两位军官。如果说他们以前从未受到过尊敬，那么现在的情况则完全相反了，他们整天趾高气扬地走来走去，活脱脱一副小人得志的样子。他们就要成为国王的乘龙快婿，并且得到一半的国土了。他们俩都想要最小的三公主，但无论他们怎样祈求和威胁她

都没有用，她就是不答应。

于是，他们要求国王找十二个人看着三公主。他们给出的理由是：自从她被解救之后，她一直非常的悲伤和忧郁，他们担心她会伤害自己。

他们的要求被允许了。国王告诉他们必须好好看着她，无论她去哪里，都要有人跟着她。

整个国家都开始准备两位公主的婚礼。这是前所未有的婚礼，所有的人都在忙碌着，有的酿酒，有的烘烤食物，有的宰杀牲畜，活儿多得好像永远都做不完似的。

至于士兵，他就这样被迫留在了不属于他的世界。他觉得自己再也无法重见天日，这简直太令人绝望了，他认为自己必须做点什么。于是他花了很长时间，从一个房间走到另一个房间，打开所有的抽屉和橱柜，找遍每一个架子，看看有什么回去的线索。最后，他来到一张桌子的抽屉前，里面有一把金钥匙，他用这把金钥匙试遍了所有的锁，但没能打开其中的任何一个，直到他发现了摆在床头边的一个小柜子。他尝试着把钥匙插进锁头里，小柜子被轻而易举地打开了，在那里面他发现了一个生锈的旧哨子。他把它放在嘴边，猛呼一口气。随即他就听到从四面八方传来一阵呼啸声，一大群鸟儿飞了下来，鸟群又黑又密，似浓云般向大地压过来。

"主人，您有什么吩咐？"其中一只鸟儿开口说。

"如果我是你们的主人，我想知道怎样才能重回到地面上去。"士兵答道。

"这要问我们的母亲，如果她也没办法的话，那就没有人能帮助你了。"鸟儿说。

于是他又吹了一次哨子，不久，远处就传来了拍打翅膀的声音，随后突然狂风大作，士兵就像一缕干草一样被卷起，从一个房顶被吹到另一个房顶。要不是他抓住了栅栏，他无疑会被彻底吹跑。

狂风中出现了一只鹰，一只巨大无比的鹰，比你能想象到的最大的东西还要大，朝着他俯冲了下来。

"你真是来势汹汹啊。"士兵说。

"你吹口哨我就来了。"老鹰回答。于是他问老鹰是否知道有什么办法可以让他回到地面。

"办法倒是有，除非你能飞，否则你是无法离开这里的，"老鹰说，"如果你能为我宰十二头牛，让我饱餐一顿，我就帮你。"

士兵按照老鹰的要求准了十二头牛，老鹰一口气把这十二头牛全都吞了下去，她要求士兵再杀一头牛当作路上的干粮。

"我一张嘴，你就赶快把肉扔进我的嘴里，"她说，"否则我就没力气带你飞上地面了。"

士兵按照她的要求在老鹰的脖子上挂了两大袋肉，然后稳稳地坐在老鹰背上。老鹰拍打翅膀，腾空而起，他们像闪电一样在空中穿梭。每当老鹰张开嘴，士兵就艰难地把肉块扔进老鹰的嘴里。

天色慢慢亮了起来，这时的老鹰几乎筋疲力尽，拍打翅膀的频率渐缓。但士兵早有准备，他拿起了最后的牛后腿，甩给了老鹰。老鹰马上振翅高飞，带着他向陆地飞去。他们在一棵大松树顶上短暂地休息了一会儿后，她又带着士兵迅速出发了，他们在云中穿梭的时候，海上和陆地上的闪电在他们下方不停地闪烁。

在靠近宫殿的地方，士兵从老鹰背上爬下来，老鹰转身就飞回去了，但老鹰临走时告诉他，如果他有任何需要，只要吹响哨子，她就会马上赶到。

与此同时，婚礼的一切都准备好了。上尉和中尉与两位公主的婚期眼看快到了，但是她们根本就快乐不起来，她们没有一天不在悲伤中度过，而

且婚期越是临近，她们就越是悲痛。

国王非常奇怪，觉得她们现在重获自由，也要结婚了，应该很快乐才对，她们却一点都不快乐。国王问她们到底怎么回事，大公主灵机一动说她们再也不会快乐了，除非她们能得到在蓝山上玩的那种金跳棋。

国王认为这很容易办到，于是他向全国召集最好的金匠，让他们为公主们制作这样的金跳棋，但没有一个人能做到。

只有一个人例外，这个人是个年老体弱的金匠，多年来除了打零工外没有做过其他工作。士兵看到了国王的圣旨，便去找这个老金匠，要求当他的学徒。老金匠很高兴收他为徒，因为他已经很长时间没有招收学徒了。于是他拿出一瓶酒，坐下来和士兵一起喝。渐渐地，他的酒劲儿上来了，士兵见状，便劝他进宫告诉国王说他愿意为公主们做跳棋。老金匠想都没想，当场就答应了，他还说，别说这种金跳棋，想当年他曾做过更精细、更精美的东西。

当国王听说外面有一个人可以做金跳棋时，他激动地问：

"你说的是真的吗？你能做我女儿们想要的金跳棋？"国王问。

"是的，我没撒谎。"老金匠说。

"那就太好了！"国王说，"这是需要用到的金子，你要在三天内完成，如果你做不出来，你可就要没命了。"

第二天一早，老金匠的酒醒了，他开始后悔自己的所作所为。他号啕大哭，把他的徒弟轰了出去，还说现如今最好的办法是自己主动了结了自己。连最好的金匠都完不成这样的任务，他就更不可能了。

"别担心，"士兵说，"把金子给我，我会及时准备好的。不过你得给我准备一个单独的房间。"

第一天，士兵什么也没做，只是四处闲逛，老金匠开始抱怨。

"别担心，"士兵说，"我们有的是时间！如果你对我不满意，那你就自己做。"

第二天也是如此。

到了最后一天，士兵的房间里既没有传来锤子的声音也没有传来锉刀的声音，老金匠到了崩溃的边缘，他觉得现在神仙来救他的命也没有用了。

但就在当晚，士兵打开窗户，吹响了他的哨子。老鹰马上飞了来，问他想要什么。

"金跳棋，公主们在蓝山上时玩的金跳棋，"士兵说，"但我想你应该想要先吃点东西吧，我在那边的干草棚里为你准备了两头牛，你把它们吃了就上路吧。"老鹰把牛吃了个精光之后马上就上路了，并且没有耽搁太多时间，在太阳升起之前，老鹰带着金跳棋飞了回来。士兵接过金跳棋放在床下，美美地躺下睡觉了。

隔天一大早，老金匠来敲他的门。无论如何他要进来看一眼，士兵不得已把老金匠放了进来。他看见金灿灿的跳棋时，他的焦虑、害怕马上就烟消云散了。

老金匠带着跳棋来到宫殿，公主们比老金匠还要高兴，最高兴的就是三公主。

"这是你自己做的吗？"三公主问。

"不是的，我必须要说实话，确实不是我，"老金匠说，"是我的学徒做的。"

"我想看看那个学徒。"三公主说。

于是，士兵从老金匠的身后走了出来，三公主一眼就认出了他，她跑到他面前，向他伸出手，说：

"日安，非常感谢你为我们所做的一切。"

然后三公主转身对国王说："就是他把我们从巨魔们的手中解救出来的。他才是我要嫁的人。"她拉下士兵的帽子，给大家看她系在他头发上的戒指。

　　就这样，上尉和中尉的罪行被揭露了，他们也不得不付出了生命的代价。而士兵最终娶了三公主为妻，还得到了一半的国土。

长条儿汤姆

很久以前，有位国王，他有一个女儿，这位公主因为美貌远近闻名。她总是绷着脸，从来不笑，看起来悲伤又严肃。可她品德高尚又内心坚定，在面对众多的追求者时，她从不接受他们中的任何人，不管他们是多么伟大的君主或王子，她向来一视同仁。

就这样，公主迟迟不肯结婚，国王渐渐对此感到厌烦，他觉得她应该像其他人一样组建家庭，而不是像现在这样永无止境地等下去，因为这种等待是毫无意义的。况且，论年纪，她确实不能再拖了；论财富，她富有得也不能再富有了，毕竟这个王国的一半都是她从母亲那里继承来的。

于是，国王向全国下达了旨意：无论是谁，只要能逗笑公主，就能娶公主为妻并且得到一半国土；如若失败，他就得接受残酷的鞭刑。

没有任何悬念，这个王国里有很多人的背上都伤痕累累。来自东西南北各地的追求者都无一例外地认为逗笑公主并不是什么难事。大家都使尽浑身解数，不停地讲笑话、做各种搞怪的动作，可是公主就是稳稳地坐在那里，脸上的表情和从前一样哀伤和严肃。

王宫的不远处住着一位父亲和他的三个儿子，他们也听说了国王下达的旨意，打算去尝试。

大儿子率先出发。他来到国王的宫殿，告诉国王他想试试逗笑公主。

"好，很好，年轻人，"国王说，"你勇气可嘉，但是光有勇气也不行。有太多的人来了又走，我女儿的脸上还是半点笑容都没有，我实在是不希望再有人来这里自寻烦恼。"

但这个小伙子执意要试试，他觉得让公主笑并不是多难的事，因为他参军入伍在杰克下士的手下受训时，很多人都被他逗笑过。

于是，他自信满满地穿过庭院来到了公主的窗前，操练起当年在军营里耍过的招式。但是效果不尽如人意，公主一点儿反应都没有。于是他就被抓起来狠狠地抽了一顿，然后被赶回了家。

他艰难地回到了家之后，二儿子也出发了。二儿子是位有名的校长，人们都说他是最有趣的人。他光是外形就已经让人忍俊不禁了，他一条腿长一条腿短，走起路来一会儿高一会儿低，充满喜感。除此之外，他还能说会道，多无聊的事从他的嘴里讲出来都会变得有趣。

二儿子到达宫殿跟国王说，他想要把公主逗笑。国王看了他滑稽的样子，觉得也许有这种可能，但还是怜悯地对他说："年轻人，你可想好了呀。你要是不能逗笑公主，我们会对你施加比之前更残暴的惩罚。"

然后，这位校长大步穿过庭院，站在公主的窗前。他能言善辩，一个顶七个，他大声吟诵诗歌、讲笑话，一个人热闹得像个合唱团，吵闹得好像整个王国的人都来了一样。

国王被他逗得前仰后合，只有公主不为所动，只是嘴角微微抽动，转而恢复了往日的愁容。于是，他也被抓了起来挨了好一顿鞭抽后被赶回家去了。

最后，他们家的小儿子"长条儿汤姆"也打算去试试。但是他的哥哥们不停地嘲笑他，还给他展示布满伤痕的背。父亲也觉得他脑子不够聪明，不同意他去。父亲这样说是有原因的，因为他平日里什么都不干，常常像猫一样窝在壁炉旁，削一削木棒，再翻弄翻弄灰烬。"长条儿汤姆"的名字就是这么来的。可是大家无论怎样劝说，他都不肯屈服，最终大家都对他的吵闹感到厌烦，不得不让他出发到国王那里去试试运气。

他来到了王宫，但他并没有说此行的目的是来逗笑公主，而是说希望能在这里工作。王宫里并没有工作适合他，但长条儿汤姆不肯放弃，他说在这么大的王宫里，他们一定需要一个人给厨房用人扛柴火、挑水。国王实在被长条儿汤姆烦得受不了，就留下他在厨房里忙送柴火、挑水。

有一天，他去小河边打水，发现一条大鱼被河水冲上了岸，正躺在一个老枞树桩下，他把这条鱼轻轻地放进了水桶里。当他回到王宫时，他遇到了一个老妇人，她正用绳子牵着一只金鹅。

"你好呀，老奶奶，"汤姆说，"你的金鹅可真漂亮，它的每一根羽毛都如此光彩夺目，谁要是能拥有这样的羽毛啊，可就再也不用劈柴做火把照明了！"

这位老妇人对长条儿汤姆水桶里的鱼也很满意，并说，如果他愿意拿这条鱼做交换，他就可以得到这只金鹅。这只金鹅可不是一般的鹅，当有人摸它的时候，只要说一句："想一块走，就粘住吧。"它就会紧紧粘上摸它的那个人。长条儿汤姆非常愿意做这个交换。

"一只鹅和一条鱼一样好。"他对自己说。

"如果这只金鹅真的如你所说，那我就把它当鱼钩用。"他对老妇人说道。

他没走多远就遇到了另一位老妇人。老妇人一看到那只可爱的金鹅，就说尽了好话，乞求长条儿汤姆允许她摸一下那只可爱的金鹅。

就在她抚摸着鹅的时候，汤姆突然念了咒语："想一块走，就粘住吧。"

这位老妇人又拉又扯，但不管怎么挣扎她都没法把手从金鹅身上拿开。而长条儿汤姆继续前进，装作什么事都没发生。

他继续走了一段路后遇到了一个男人，这个男人和刚才的那位老妇人有过节，因为他曾被老妇人用一个小把戏耍弄过，正愁没有机会报复。所以，当他看到她在做无用的挣扎时，想趁这机会发泄他的怨恨，于是他迅速用脚踢了她一下。

"想一块走，就粘住吧。"汤姆叫道。

瞬间，男人的脚也被粘住了，他不得不用一条腿跳着走。而且他越挣扎就粘得越紧，每走一步就会摔一个跟头。

就这样，他们连成了一串。长条儿汤姆拉着一行队伍艰难地走到了王宫附近。

他们又遇到了国王的铁匠，铁匠手里拿着一把大钳子，正打算去铁匠铺。铁匠是个活泼的家伙，平常很喜欢搞恶作剧。他看到这样一大队人马步履蹒跚、一瘸一拐地向他走来时，他笑得直不起腰。然后他大叫道："这是公主养的新鹅群吧，打头儿的还是只蹒跚学步的大雁哪，傻鹅！傻鹅们！"随即他把手一甩，好像给鹅群喂食一样。

这支队伍继续向前，老妇人和男人看见铁匠嘲笑他们，就直瞪他。

然后铁匠说："看看我能不能把他们拖过来，这么多人，一定会很有趣。"

铁匠可是个强壮的家伙。他用他的大钳子夹住了老妇人的衣尾，老妇人不停地尖叫、挣扎。

这时，长条儿汤姆说："想一块走，就粘住吧。"

于是铁匠也被黏住了。他弯下腰，把脚跟插进地里想借力挣脱，但没有用，他和这伙人粘得紧紧的，就像他铁匠铺里的被老虎钳拧得很紧的螺丝一样。总之，不管他愿不愿意，他也成为这个队伍中的一员了。

当他们走到国王的宫殿时，一只狗突然跑了出来，冲着他们吠叫，好像他们是乞丐或小偷似的。这时，公主从窗户向外看，看到这群奇怪的人，她轻轻地笑了起来。但是汤姆并不满足于此。

"等下，"他说，"我会让她笑得更大声。"说着，他带着他的队伍转身向宫殿后面走去。

他们正好路过厨房，女厨师正在搅拌着粥。当她看到长条儿汤姆和他身后的"大包袱"时，她冲出了厨房，一只手拿着扫帚，另一只手拿着勺子，笑得浑身颤抖。尤其当她看到铁匠也在那里时，她笑弯了腰。等她笑过劲之后，她也觉得这只金鹅很可爱，想要摸摸它。

"长条儿汤姆！ 长条儿汤姆！"她握着粥勺跑了出来，"让我摸一下你这只金鹅吧。"

不等长条儿汤姆回答，铁匠抢先说："摸金鹅？你可别做梦了！"女厨师听到这句话很生气，她用勺子在铁匠的耳朵上打了一下。

"想一块走，就粘住吧。"长条儿汤姆说。于是女厨师也被紧紧地粘住了，她不管怎样挣扎都挣脱不了，于是她也不得不和他们一起蹒跚前行。

没过多久，整个队伍来到了公主的窗下。她正站在那里等着他们。当她看到女厨师也在后面跟着，手里还拿着勺子和扫帚时，她张大了嘴，大声地笑了出来，笑得停不下来，直到国王出来制止她。

于是，长条儿汤姆得到了公主和一半的国土。在之后的日子里，长条儿汤姆也让公主一直开心快乐地生活下去了。

海水为什么是咸的

很久很久以前，有两个兄弟，一个富有，一个贫穷。

在一个圣诞节的前夕，穷弟弟家里连过节的面包和肉都没有。于是他像往常一样去富哥哥家借一些食物。可是富哥哥十分吝啬，而且这也不是他第一次帮助穷弟弟了，所以他见到穷弟弟有些不耐烦。

"如果你保证以后再也不来打扰我，我就给你一大块培根、两块面包和一些蜡烛，记住从今天起再也不要踏进我的家门一步。"

穷弟弟向富哥哥保证他再也不会来了，并万分感谢哥哥对他的帮助，然后踏上了回家的路。

他没走多远就遇到了一个留着白胡子的老人。老人看起来身体很虚弱，估计已经好久没吃东西了，穷弟弟觉得他很可怜。

"行行好吧，好心人，请给我一点儿吃的吧。"老人乞求道。

"虽然我的日子也没好到哪里去，"穷弟弟说，"但是我实在不忍心看到有人在圣诞前夕饿肚子。"

于是，他给了老人一支蜡烛和一块面包，就在他正要切下一片培根时，老人阻止了他，说，"这已经足够了，我吃不了这么多东西。"

老人接着说，"听着，年轻人，我告诉你一件事。离这里不远的地方有一个通往地下洞穴的入口。那个洞穴里住着一群山民，他们有一台磨，它可以磨出很多东西来，但唯独磨不出来培根。你进入洞穴后，肯定有很多山民都想买你的培根，你可以要求用磨来交换培根。你拿到磨后，出来找我，我教你怎么用它。"

穷弟弟将信将疑，但还是感谢了老人，并带着培根来到了老人说的那个洞穴入口。他走了进去，果然遇到了很多山民。见到穷弟弟手里的培根，山民们都围了过来，争先恐后也想买点儿培根吃。

"好吧！"穷弟弟说，"本来我和妻子打算把这块培根当作圣诞晚餐的。既然你们都想要它，我就把它让给你们吧。不过，你们得先答应我一个条件，就是用你们的那台磨来交换。"

起初，山民们很不愿意，他们不停地讨价还价，但穷弟弟一再坚持，最后他们不得不放弃了磨，用它换了培根。

穷弟弟扛着磨，走出了山洞，来到了一片森林，他再次遇到了那个老人。

穷弟弟对老人说："我得到了您说的那台磨，您可以教我怎么使用它吗？"

老人很高兴地教穷弟弟学会了如何使用这台磨。不等穷弟弟感谢完老人，老人就消失了。穷弟弟以他最快的速度赶回了家，但圣诞夜的钟声早已敲响了十二下。

"你跑哪儿去了？"他的妻子生气地说，"我等了你很久，始终不见你回来。你看，我们连煮圣诞晚餐的柴火都没有。"

"亲爱的，不要生气，"穷弟弟说，"我先后忙活了两件事，不得不走了很远的路，这才耽误了回家，我给你看样东西，你看了就不会抱怨了。"

说着，他就把磨放在了桌子上。穷弟弟对着这台磨念了一段咒语，只见从磨里出来了一个灯，接着是一张桌布，然后是肉和酒，一个接一个。这台磨磨出了所有用来过圣诞节的食物。

"这可真是一个神磨啊！"他的妻子被眼前的一切惊呆了。

有了这个宝贝，穷弟弟一家终于可以好好过一个圣诞节了。他们准备好了肉、酒和其他东西，当然这都是磨的功劳。他们把亲戚朋友请到了家里，并举行了盛大的宴会。可是他那富有的哥哥看到满桌丰盛的菜肴却心生嫉妒。他忍不了那个曾经贫穷的弟弟如今过得比自己还好。

他于是对众人说起了风凉话："圣诞节的前一天，他还因日子过不下去向我讨要食物呢，怎么突然变得这么富有呢？"

他转身面向穷弟弟，说："你到底是从哪儿弄来这些好吃的？"

穷弟弟并没有正面回答富哥哥，他只是把这个问题敷衍过去了。

晚上，穷弟弟喝得很尽兴，酒劲儿一上来他就保守不了秘密了。他把磨拿了出来，还和盘托出了磨的事情："看，它可是个神磨，要不是它，我可过不上这么好的日子。"说完，他用磨磨出了各种各样的东西。

大家看得目瞪口呆，尤其是他那富哥哥，两眼放光。他对穷弟弟说他要买这台磨。

穷弟弟和富哥哥关于磨的归属和价格讨论了很久，最后他们达成一致：当收割干草的季节到来的时候，富哥哥就能得到这台磨，并且他还将支付穷弟弟三百块钱作为购买这台磨的费用。

在收割干草的季节来临之前，穷弟弟一刻不停地让这台磨磨东西，它磨出的东西足够让穷弟弟一家用上好几年。这台磨几乎每天都在工作，一直没有生锈。收割干草的季节到了，富哥哥迫不及待地赶到穷弟弟家取走了磨，并且还支付了之前许诺的报酬。富哥哥太着急把磨带回来了，以至于忘了向穷弟弟学习如何使用它。

第二天一大早，富哥哥的妻子就到草场上去收割干草了，富哥哥主动要求留在家里准备晚餐，因为他非常想试试这台神磨。该做晚餐了，他把磨放在厨房的桌子上，然后对磨说："神磨呀神磨，磨出美味的鲱鱼肉汤吧。"

这台磨真的磨出了鲱鱼肉汤，先是所有的盘子被装满，然后是所有的盆子被装满，但鲱鱼肉汤还在源源不断地从磨里涌出来，很快厨房的地板上也堆满了肉汤。富哥哥想让磨停下来，可是无论他怎么摆弄都没有用，不一会儿，鲱鱼肉汤就要把厨房填满了，富哥哥差点被淹死。他赶紧推开了厨房的门，跑到客厅，可是没过多久，鲱鱼肉汤又把客厅填满了。富哥哥被淹没在鲱鱼肉汤里了，他摸呀摸，终于摸到了门闩。他费力地打开了门，瞬间，鲱鱼肉汤和富哥哥一起从门里喷涌了出来。富哥哥连滚带爬地沿着路向前跑，他在前面跑，鲱鱼肉汤在后面追。鲱鱼肉汤简直变成了洪水猛兽，嘶吼声响彻了整个村庄。

天已经很晚了，富哥哥的妻子觉得晚饭的准备时间过长了，决定回家看看。富哥哥的妻子正在回家的田埂上走着，突然看见洪流般的鲱鱼肉汤追赶着自己的丈夫，而她的丈夫边跑边喊："神磨呀神磨，快点停下来吧！我快要被鲱鱼肉汤淹死了！"

富哥哥只好以最快的速度跑到了穷弟弟家，趁鲱鱼肉汤没有赶来，他请求弟弟赶紧收回这台磨，"如果它不停止，整个村庄都会被鲱鱼肉汤吞没的。"穷弟弟答应了，对磨念了一段咒语，没过多久，它就停下来了，鲱鱼肉汤也消失了。富哥哥终于松了一口气，他再也不想要这台磨了。

之后穷弟弟为这台神磨建造了一个参观农场，他还用这台磨磨出了很多金子来装饰这个农场。金光闪闪的农场就坐落在海边，远远望去，璀璨夺目，异常美丽，吸引着每艘路过的船只。船上的人们都会来到岸上参观这个农场，参观一下神磨。此后，神磨声名远播，无人不知，无人不晓。

一天，一位船长来到了农场，他盯了神磨很久，问道："它能磨出盐来吗？"

"磨盐？"穷弟弟说，"我认为没问题，它能磨出任何东西。"

船长一听这话，说什么也要拥有它，因为只要有了这台磨，他们就不必为了一袋盐而在海洋上奔波了，他可以回家过过悠闲的小日子了。于是船长花重金从穷弟弟那里买下了这台神磨，可是他太着急了，忘记了向穷弟弟学习如何使用它。

船长扛着磨，上了船，等船在海面上行驶平稳后，他把磨带到了甲板上，说："神磨呀神磨，磨盐出来吧。"

很快盐就从这台磨里出来了，盐越来越多，装满了船。船长想让磨停下来，可是无论他怎么摆弄都没有用，盐越堆越高，最后船沉了下去。而这台磨也随着船沉入了海底，直到今天，这台磨还在不断地磨出盐来。有人说这或许就是海水这么咸的原因。

[挪威]彼得·克里斯登·阿斯伯扬森、约根·莫埃等著，吕思航译，选用时有改动。

Russian

俄罗斯

Folk Tales

民间故事

青蛙公主

古时候有一个国王，他有三个儿子。等到三个儿子长大成人，国王把他们叫来，对他们说：

"我亲爱的孩子，趁我还没有老，我很想给你们娶媳妇。让我看看你们的孩子，看看我的孙子。"

三个儿子回答爸爸说：

"亲爱的爸爸，就这么办吧，您祝福吧。您想叫我们娶什么人呢？"

"这么办，孩子们，你们每人拿一支箭，走到原野上去射，箭落在什么地方，你们命里注定的媳妇就在什么地方。"

三个儿子向爸爸鞠过躬，每人拿了一支箭，走到原野上去，张开弓，把箭射出去。

大儿子的箭落在贵族的院子里，贵族的女儿把箭捡起来。二儿子的箭落在商人那又阔又大的院子里，商人的女儿把箭捡起来。

可是小儿子伊凡王子的箭呢，不知道飞到哪儿去了。他走了又走，走了又走，一直走到一块沼泽地上，看见一只青蛙坐在那里，叼着他的箭，伊凡王子对它说：

"青蛙呀青蛙，你把箭还给我吧。"

可是青蛙回答他说：

"你娶了我吧！"

"这是什么话，我怎么能够娶一只青蛙做媳妇呢？"

"娶了吧，你要知道，你的命是这样的。"

伊凡王子很伤心。可是没有办法，他就捧起青蛙，把它带回家里去。国王办了三件喜事：大儿子娶了贵族的女儿，二儿子娶了商人的女儿，可是倒霉的伊凡王子娶了一只青蛙。

有一回，国王把三个儿子叫来：

"我想看看你们的媳妇当中谁针线做得最好。让她们每人给我缝一件衬衫吧，明天就送来。"

三个儿子对爸爸鞠过躬，就出去了。

伊凡王子回到家里，坐下来，低下了头。青蛙在地板上跳，问他说：

"伊凡王子，干吗低着头啊？莫非有什么倒霉事情吗？"

"爸爸吩咐你给他缝一件衬衫，明天就要送去。"

青蛙回答他说：

"别发愁了，伊凡王子，还是去睡吧，早晨要比晚上清醒些。"

伊凡王子睡了，青蛙跳到门口，脱下身上的青蛙皮，变成了智慧的瓦西丽沙，像她那样漂亮的人儿，连童话里也没讲到过。

智慧的瓦西丽沙拍了拍手，叫道：

"奶妈，保姆，你们过来，准备着！天亮以前，你们给我缝好一件衬衫，就跟我亲爸爸身上穿的一模一样。"

早晨伊凡王子醒来，青蛙又在地板上蹦蹦跳跳，不过衬衫已经放在桌子上，用毛巾包好了。伊凡开心得不得了，就拿起衬衫送去给国王。国王这时候正在接受两个儿子的礼物。大儿子打开衬衫，国王接过来就说：

"这件衬衫只好在黑屋子里穿。"

二儿子打开衬衫，国王说：

"这件衬衫只好进洗澡房穿。"

伊凡王子打开他的衬衫，衬衫上镶金嵌银，装饰着复杂的图案，国王接过来一看，就说：

"咳，这才是穿了过节的衬衫哪。"

三兄弟各自回家，两个大的互相商量：

"不对，咱们显然是白白取笑伊凡王子的媳妇了，她不是青蛙，她是个女妖怪……"

国王又把三个儿子叫来：

"让你们的媳妇给我烤一个面包，明天就送来。我想知道哪一个做吃的最拿手。"

伊凡王子低了头回到家里。青蛙问他说：

"你干吗发愁哇？"

他回答说：

"得给国王烤好面包，明天就送去。"

"别发愁了，伊凡王子，还是去睡吧，早晨要比晚上清醒些。"

两个嫂嫂原先取笑青蛙，这时候却派了后院一个老太婆来偷看青蛙怎样烤面包。

青蛙很狡猾，她料到了这件事情。她于是和好面粉，挖开炉灶的顶，把所有的面一股脑儿都倒到窟窿里去。后院的老太婆跑回来见国王的两个儿媳妇，把事情一五一十地告诉她们，她们就动手照办。

可是青蛙跳到门口，变成智慧的瓦西丽沙，拍了拍手：

"奶妈、保姆，你们过来，准备着！天亮以前，你们给我烤好一个软软的白面包，就跟我在亲爸爸那边吃的一模一样。"

伊凡王子第二天早晨醒来，桌子上已经放着一个面包，那上面装饰着各式各样的花样：旁边是印出来的图案，顶上是个有关口的城。

伊凡王子开心得不得了，就用一块大毛巾把面包包起来，送去给爸爸。

这时候国王正在接受两个儿子的面包。他们的老婆照后院那老太婆的话，把面都倒到炉灶里去，结果拿出来的是两团焦块。国王从大儿子手里接过面包，看了看，就把它送到仆人房间里去。他再从二儿子手里接过面包，也送到那儿去了。轮到伊凡王子把面包交给他，国王说：

"这种面包，只有过节才吃的。"

国王接着又吩咐三个儿子，叫他们第二天带了媳妇来出席宴会。

伊凡王子于是又闷闷不乐地回到家里，头低得更厉害。青蛙在地上说：

"呱呱呱，伊凡王子，干吗发愁哇？莫非叫爸爸骂了吗？"

"青蛙呀青蛙，我怎么能够不发愁呢？爸爸吩咐我带你到宴会上去，可是我怎么让大家见你呀？"

青蛙回答他说：

"别发愁了，伊凡王子，你先一个人到宴会去，我随后就到。当听见雷响的时候，你不要怕。大家问你，你就说：'这是我的宝贝青蛙坐着小盒子来了。'"

伊凡王子于是一个人去。两个哥哥都带了穿得非常华贵、戴满首饰、擦脂抹粉、画了眉毛的媳妇一起来。他们站在那里取笑伊凡王子：

"为什么你不把太太带来呀？也许用毛巾把她包来了吧。这样一个美人儿，你打哪儿找来的？大概嘛，所有的沼泽地都叫你踏遍了。"

国王跟三个儿子、两个儿媳妇还有许多客人坐在橡木桌子旁边，坐在有花纹的台布前面喝酒吃菜。忽然雷声隆隆地响，整个王宫都发出噼里啪啦的声音。客人们都大惊失色，从座位上跳起来，可是伊凡王子说：

"正直的客人们，你们不要怕，这是我的宝贝青蛙坐着小盒子来了。"

一辆由六匹白马拉的四轮金马车一直飞跑到王宫的门口，车子里走出智慧的瓦西丽沙：她身上穿着一套绀青色的衣服——上面密层层地镶满了星星；她头上戴着一个明月。这样的美人儿呀，你想也想不出来，猜也猜不出来，是只有童话里才会讲到的。她挽着伊凡王子的手走到橡木桌子旁边，走到有花纹的台布前面去。

客人们开始大吃大喝，兴高采烈的。智慧的瓦西丽沙喝了杯子里的酒，剩下的倒在左手袖子里。她咬了一口天鹅肉，骨头扔在右手袖子里。

两个大王子的媳妇看见了她的把戏也就学样。

大家吃过喝过以后，就轮到跳舞了。智慧的瓦西丽沙把伊凡王子扶起来，也去跳舞。她跳了又跳，转了又转——大家都觉得惊奇。她把左手的袖子一挥——忽然一个湖出现了；她把右手的袖子一挥——有一群白天鹅在湖里游着。国王和客人们都看得目瞪口呆。

接着两个大媳妇也去跳舞：她们把这只袖子一挥——酒溅到客人身上去了；她们把那只袖子一挥——骨头东飞西散，其中有一块打中了国王的眼睛。国王一气，把两个儿媳妇都赶了出去。这时候伊凡王子偷偷走开，跑回家里，找到了青蛙皮，把它扔到炉灶里去烧掉了。

智慧的瓦西丽沙回家发觉青蛙皮不见了。她坐在凳子上伤心发愁，对伊凡王子说：

"唉，伊凡王子，你干的好事！如果你再等三天，我就永远是你的了。可是现在呢，你要原谅我了。你到很远很远很远的地方——到不死的老人那儿去找我吧……"

智慧的瓦西丽沙变成一只灰色的杜鹃飞出了窗子。伊凡王子大哭一场，向四方鞠过躬，就向前走，去找他的老婆——智慧的瓦西丽沙。他走了不知道多远，走了不知道多久，他把靴子走破了，把外套磨烂了，小雨点把他的皮帽子也滴穿了。有一个老头碰见了他。

"你好哇，可爱的好汉！你去找什么？上哪儿去呀？"

211

伊凡王子把自己的不幸全都告诉了他。老头对他说：

"唉，伊凡王子，你为什么把那青蛙皮烧了呢？不是你把它穿上去，就不该是你把它脱下来。智慧的瓦西丽沙长得比她爸爸还要调皮，还要机灵。这一来他生气了，就吩咐她变三年青蛙。唉，没有办法，我给你一个球吧，它滚到哪里，你就勇敢地跟到哪里。"

伊凡王子谢过了老头，就跟了那球走。球往前滚，他在后面跟着跑。他在原野上碰到一只熊，瞄准了就要开枪打死它。可是熊对他说人话：

"伊凡王子，你不要打死我，有一天我对你会有用处的。"

伊凡王子可怜那熊，没有打它，就继续向前走。他看见头上飞过一只鸭子。他瞄准了它，可是鸭子对他说人话：

"伊凡王子，你不要打死我，有一天我对你会有用处的。"

他可怜那鸭子，就继续向前走。

一只斜眼兔子跑过，伊凡王子又想打它，可是兔子对他说人话：

"伊凡王子，你不要打死我，有一天我对你会有用处的。"

他可怜兔子，就继续向前走。他来到一个蓝色大海的岸边，看见沙滩上有一条梭鱼，这梭鱼已经快断气了，对他说：

"唉，伊凡王子，你可怜可怜我，把我扔到蓝色的海里去吧！"

他于是把梭鱼扔到海里去，沿着岸边继续向前走。他走了不知道多少时候，球一直滚到树林子里去，那边有一座鸡脚架的小房子团团转。

"房子啊房子，你照妈妈安排的老样子停下来吧——后面对着树林子，前面对着我。"

小房子把前面转到他的面前停下来，后面对着树林子。伊凡王子走进去，看见有一个骨头腿的老妖婆躺在暖炕的第九块砖上，牙齿搁在架子上，鼻子一直顶到天花板。

"亲爱的好汉，你为什么来看我啊？"老妖婆对他说，"你是有事情来看我，还是没有事情来看我呢？"

伊凡王子回答她说：

"唉，你这老婆婆，最好让我喝够吃饱，在洗澡房里洗个蒸浴，然后再来问我。"

老妖婆让他在洗澡房里洗过蒸浴，喝够，吃饱，再给他铺好床，伊凡王子于是告诉她，说他正在找他的老婆——智慧的瓦西丽沙。

"我知道，我知道，"老巫婆对他说，"你的老婆正在不死的老人那里。把她弄到手可不容易哪，制服那不死的老人是很难的：他的命根儿在一根针尖里，针在一个蛋里，蛋在一只鸭子的肚子里，鸭子在一只兔子的肚子里，兔子在一个石头箱子里，石头箱子在一棵高高的橡树上，这橡树就由不死的老人像看守自己的眼睛那样看守着。"

伊凡王子在老妖婆家里过了一晚上，第二天早晨，她指给他看那棵高高的橡树在什么地方。伊凡王子走了不知道多少时候才走到那里，看见一棵高高的橡树立在那里，树顶上有一个石头箱子，想得到它挺不容易。

不知道打哪儿忽然跑来了一只熊，它把橡树连根拔起。箱子摔下来，摔开了。一只兔子从箱子里跳出来，拼了命地跑。可是另外一只兔子在它后面紧紧追赶，追上了，把它撕个粉碎。兔子的肚子里飞出一只鸭子来，飞得高高的，飞到了天顶。瞧哇，另外一只鸭子向它扑上去，把它打了一下——那鸭子落下了一个蛋，这蛋落到蓝色的海里去了……

这时候伊凡王子掉下伤心的眼泪来——在茫茫的大海里，上哪儿去找蛋呢！忽然有一条梭鱼游到岸边来，它的牙齿正好咬住那个蛋。伊凡王子把蛋摔碎，得到了一根小针，就连忙拗针尖。他这边拗，那边不死的老人浑身哆嗦，翻来覆去。不死的老人哆嗦了许多回，翻覆了许多回，最后伊凡王子把针尖拗断了，不死的老人也就没了动静了。

伊凡王子走进不死的老人那座大理石宫殿。智慧的瓦西丽沙向他跑过来，吻他的嘴唇。伊凡王子把智慧的瓦西丽沙带回家，他们于是幸福地一直活到老。

伊凡王子和灰色狼

从前有一个国王，名字叫作别连杰，他有三个儿子，最小的一个叫作伊凡。

国王有一座富丽堂皇的花园；花园里长着一棵苹果树，树上结着金苹果。

有人光顾国王的花园，偷起金苹果来了。国王舍不得自己的花园被人偷，于是派了卫兵到那里去。可是没有一个卫兵能够把偷苹果的人侦查出来。

国王不喝也不吃，心里很纳闷。三个儿子走来安慰爸爸说：

"我们亲爱的爸爸，你不要发愁了，我们亲自去看守花园。"

大儿子说：

"今天我来值班，我去守住花园，不让小偷进来。"

大儿子于是去了。他从傍晚看起，看守了不知道多少时候，一个人也没有侦查到。他在柔软的青草地上躺下来，睡着了。

第二天早晨国王问他：

"喂，你不能叫我快活吗？你看见小偷没有？"

"没有，亲爸爸，我一个通宵没睡，眼睛也没闭上过，可是一个人也没看见。"

第二天晚上，第二个儿子去看守花园，他也睡了一晚上，早晨说没有见过小偷。

于是轮到小弟弟去看守了。伊凡王子守着爸爸的花园，他连蹲下来也不敢，更不用说躺下来了。他一疲倦了想睡，就拿草上的露水来擦脸——就不想睡了。

　　到了半夜，他觉得花园里好像有亮光。这光越来越亮，整个花园都被
照亮了。他看见一只"火鸟"坐在苹果树上啄苹果。

　　伊凡王子轻轻地爬到苹果树旁边，一把捉住鸟儿的尾巴。"火鸟"大吃
一惊，连忙飞走，可是它尾巴上的一根毛落在他的手里了。

第二天早晨，伊凡王子来见他爸爸。

"怎么样，我亲爱的小伊凡，你没看见小偷吗？"

"亲爱的爸爸，我捉是没有捉到，不过谁破坏咱们的花园我倒看到了。小偷留下来的证据我给您带来了。爸爸，这是一只'火鸟'。"

国王接过鸟毛，这一来，他又开始吃开始喝，把愁闷一股脑儿都忘了。可是有一天，他又想起了这件事情，想起了"火鸟"。

他把三个儿子叫来，对他们说："我亲爱的孩子，你们给好马装上马鞍，周游世界，去认识认识别的地方吧，看能不能在什么地方碰上那只'火鸟'。"

孩子们向爸爸鞠过躬，给好马装上马鞍，就启程了——大儿子朝一个方向走，二儿子朝另外一个方向走，伊凡王子朝第三个方向走。

伊凡王子走了不知道多久。这时候是夏天，伊凡王子累了，就下马把马拴好，自己躺下来睡觉。

过了不知道多少时候，伊凡王子醒来，发现马不见了。他于是去找马，他走了又走，走了又走，到底把马找到了——可是她只剩下一副被啃光的骨头。

伊凡王子发起愁来啦——没有马，怎么能够到那么远的地方去呢？

"算了，"他心里想，"走吧——没有办法呀。"

他于是就步行。他走了又走，走了又走，累得不得了。他在柔软的草地上闷闷不乐地坐下。一只灰色狼不知道打哪儿向他跑过来：

"伊凡王子，你怎么这样闷闷不乐地低了头坐着啊？"

"我怎么不伤心呢，灰色狼？我那匹好马没有啦。"

"伊凡王子，你的马正是我吃了的……我很可怜你！说吧，你干吗走那么远呢，上哪儿去呀？"

"爸爸吩咐我周游世界，找'火鸟'去。"

"哈哈，你坐着你那匹好马呀，就是走三年也到不了'火鸟'那地方。它住在什么地方，只有我自个儿知道。这么办吧——我既然吃了你的马，我就忠实地侍候你。你坐到我的背上来吧，抓紧点儿。"

伊凡王子坐到狼背上去，灰色狼于是跑起来了——它跑过眼前一座座蓝色的森林，尾巴扫过一个个湖。过了不知道多少时候，他们跑到一座高大的城堡前。灰色狼对他说：

"听我说啊，伊凡王子，你要记好了：你翻过城墙，用不着害怕——这是个好机会，看守人都睡着了。你可以看见一座楼上有一个小窗子，窗子上挂着一个金鸟笼，鸟笼里就关着那'火鸟'。你拿起鸟儿，放在怀里，可当心别碰那鸟笼！"

伊凡王子爬过城墙，看见了这座楼——窗子上挂着一个金鸟笼，鸟笼里关着那"火鸟"。他拿起鸟儿来放在怀里，又去看那鸟笼。他的心热起来了："啊，好一个鸟笼——金的，多么贵重啊！这样的东西怎么可以不拿呢！"他把灰色狼吩咐他的话全给忘了。他的手刚碰到鸟笼，满城堡都吵起来了，喇叭吹起来，鼓敲起来；看守人醒了，把伊凡王子捉住，带他来见阿夫伦国王。阿夫伦国王很生气，问他说：

"你是哪一家的？你是打哪儿来的？"

"我是别连杰国王的儿子——伊凡王子。"

"啊，多么不要脸！王子来偷东西。"

"你的鸟儿飞去破坏我们的花园，这话又该怎么说呢？"

"如果你到我这儿来，老老实实地问我要，我因为尊敬你的爸爸别连杰国王，我是会把它给你的。可是现在呢，我让全城都知道您的坏名声了……嗯，好吧，你替我做一件事情，我就饶了你。某一个王国的库斯曼国王有一匹金鬃马。你去把它带来给我，我就把'火鸟'连笼送给你。"

伊凡王子闷闷不乐，回到灰色狼的地方。狼对它说：

"我早跟你说过不要碰鸟笼了不是！你怎么不听我的吩咐呢？"

"哎，你原谅了我吧，灰色狼，原谅了我吧。"

"也好，原谅了你……得了，坐到我的背上来吧。开了头的事情是骑虎难下的了。"

灰色狼背了伊凡王子，又跑起来了。跑了不知道多少时候，他们来到放金鬃马的那座城堡。

"翻过城堡吧，伊凡王子，看守的人都睡了，你走进马房，把马牵出来，可是当心别碰马勒啊！"

伊凡王子翻过城墙，走进城堡，里面所有的看守人都睡着了，他走进马房，一把抓住金鬃马，可是他实在舍不得那副马勒——它是用金子和贵重的宝石镶成的；金鬃马戴上这么一副马勒，不过是为了出去溜达溜达。

伊凡王子的手刚碰到马勒，满城堡都吵起来了：喇叭吹起来，鼓敲起来；看守人醒了，把伊凡王子捉住，带他来见库斯曼国王。

"你是哪一家的，你是打哪儿来的？"

"我是伊凡王子。"

"哎，偷马——居然做出这种傻事情来！这种事情就连一个普通庄稼人也是不赞成的。好吧，伊凡王子，你要是替我做一件事情，我就饶了你。大尔马特国王有一个女儿，名字叫作美丽的叶烈娜。你把她偷到手，送来给我，我就把金鬃马连马勒都送给你。"

伊凡王子更加闷闷不乐，回到灰色狼的地方。

"伊凡王子，我早跟你说过不要碰那副马勒了不是？！你不听我的吩咐嘛。"

"哎，你原谅了我吧，灰色狼，原谅了我吧。"

"也好，原谅了你……得了，坐到我的背上来吧。"

灰色狼背了伊凡王子，又跑起来了。他们来到大尔马特的地方。在他的城堡里面，美丽的叶烈娜正在花园里跟奶妈、保姆们一块儿散步。灰色狼说：

"这一回我不让你去了，我亲自出马。你打原路回头走吧，我很快就会追上你的。"

伊凡王子打原路回头走，灰色狼跳过城墙——走进花园。他蹲在矮林子里瞧着：美丽的叶烈娜和她的奶妈、保姆们出来了。她走着走着，落在奶妈和保姆后面，灰色狼马上抱住美丽的叶烈娜，把她放在背上——溜跑了。

伊凡王子正在走着，灰色狼忽然追上了他，他背上坐着美丽的叶烈娜。伊凡王子快活得不得了，可是灰色狼对他说：

"你快坐到我的背上来吧，别让人家赶上。"

灰色狼背了伊凡王子，背了美丽的叶烈娜，飞快地打原路跑，跑过眼前一座座蓝色的森林，尾巴扫过一条条河和一个个湖。走了不知道多少时候，他们来到库斯曼国王的地方。灰色狼问他说：

"怎么啦，伊凡王子，你一声不响，又不快活了吗？"

"我怎么不伤心呢，灰色狼？我怎么能够跟这样一个漂亮的姑娘分开呀？我怎么能够拿美丽的叶烈娜去换一匹马呀？"

灰色狼回答他说：

"我也不要拆散你和这样一个漂亮的姑娘——我们把她藏起来吧，我变成美丽的叶烈娜，你把我带到国王那儿去。"

这样，他们把美丽的叶烈娜藏在树林子当中一间小房子里。灰色狼翻了个跟头，变成一个一模一样的美丽的叶烈娜。伊凡王子带她去见库斯曼国王。国王非常高兴，就感激他说：

“伊凡王子，谢谢你把新娘子带来给我。你就把金鬃马连马勒一起带走吧。”

伊凡王子上了马，跑去找美丽的叶烈娜。他把她抱起来，让她坐在马上，他们于是一路跑。

这边库斯曼国王请大家吃喜酒，从早吃到晚，到了该睡觉的时候，他把美丽的叶烈娜带进卧房休息，可是转身一看，他发现年轻的妻子变成狼的嘴脸啦！国王吓得连滚带爬，狼就逃走了。

灰色狼赶上伊凡王子，问他说：

“想什么心事啊，伊凡王子？”

“我怎么不想心事呢？我舍不得跟这样一件宝贝——这样一匹金鬃马分开，拿他去换‘火鸟’哇。”

“你用不着伤心，我来帮你的忙。”

他们接着来到阿夫伦国王的地方。狼说：

“你把马和美丽的叶烈娜藏起来吧，我变成金鬃马，你带我去见阿夫伦国王。”

他们把美丽的叶烈娜和金鬃马藏在树林子里。灰色狼翻了个跟头，变成一匹金鬃马，伊凡王子带他去见阿夫伦国王。国王非常高兴，就把“火鸟”连鸟笼给了他。

伊凡王子步行回到树林子里，把美丽的叶烈娜抱上马背，提起笼子里的“火鸟”，一路往自己的王国跑。

阿夫伦国王吩咐把送来的那匹马牵过来，正想骑上去——马却变成了一只灰色狼。国王吓得站不稳脚，摔了一跤，灰色狼马上撒腿逃走，很快就赶上了伊凡王子。

“现在再见了，我不能够再向前走了。”

伊凡王子下马，深深地鞠了三个躬，恭恭敬敬地谢过灰色狼。可是狼说：

"你不会就这样跟我永远分开的，我还要帮你的忙哪。"

伊凡王子心里想："你还帮我什么忙呢？我所有的愿望都已经实现了。"他骑上金鬃马，带了美丽的叶烈娜和"火鸟"向前跑。他来到自己的国土，想歇一会儿，过了正午再走。他身边的粮食已经不多。他们吃饱了肚子，喝过了泉水，就躺下来休息。

伊凡王子刚睡着，他的两个哥哥来到他面前。他们到别的地方去找"火鸟"，现在正空着手回家。他们走过来，看见伊凡王子什么都到手了，于是商量说：

"咱们把弟弟杀了吧，那么所有的东西就都是咱的了。"

他们决定以后，就杀死了伊凡王子。他们骑上金鬃马，提起"火鸟"，把美丽的叶烈娜放在马上，恐吓她说：

"到了家里，你可一句话也不要说！"

死了的伊凡王子躺在地上，乌鸦已经在他的头上飞来飞去了。灰色狼不知道打哪儿跑过来，一把抓住大乌鸦和小乌鸦。

"老乌鸦，你飞去把活水和死水带回来吧。你把活水和死水带回来，我才放你的小乌鸦。"

老乌鸦没有办法，只好飞走了，狼抓着他的小乌鸦。老乌鸦去了不知道多少时候，把活水和死水带回来了。灰色狼把死水洒在伊凡王子的伤口上，伤口马上收口；他再把活水洒在他身上，伊凡王子活过来了。"

"咳，我睡得多么熟啊！"

"你睡得熟极了，"灰色狼说，"要不是我啊，你就醒不了啦。你两个亲哥哥把你杀死，把你得来的东西全拐走了。你快坐到我的背上来吧。"

他们跑上前去追赶，赶上了两个哥哥。灰色狼直接把他们撕碎，一块一块撒在地上。伊凡王子向灰色狼鞠躬，和他永远分别了。

伊凡王子骑着金鬃马回到家里，给他父亲带回来"火鸟"，给他自己呢，带回来新娘子——美丽的叶烈娜。

别连杰国王很开心，就一五一十地盘问他的儿子。伊凡王子原原本本都告诉了他，说灰色狼怎样帮助他弄到这些东西，他的两个哥哥怎样趁着他睡觉把他杀死，灰色狼又怎样把他们撕碎了。

别连杰国王伤心了一会儿，可是很快就宽心了。伊凡王子娶了美丽的叶烈娜，他们从此无忧无虑地过日子了。

灰色马-棕色马

从前有一个老头儿，他有三个儿子。两个大的做买卖，是两个机灵的花花公子，可是小儿子傻瓜伊凡随随便便的——他爱上树林子里去采蘑菇，在家他多半坐在暖炕上。

老头儿快死了，就吩咐三个儿子说：

"我死了以后，你们接连三个晚上，轮流到我的坟上来，带面包来给我。"

三个儿子埋葬了老头儿。第一个晚上该大儿子去上坟，可是他不知道是偷懒呢还是害怕，他对小弟弟说：

"小伊凡，今儿晚上，你替我到爸爸的坟上去吧。我买蜜饼给你吃。"

伊凡答应了，就带了面包到爸爸的坟上去。他坐在那里等。到了半夜，地裂开了，爸爸从坟墓里升起来，对他说：

"谁在这儿呀？是你吗，老大？告诉我，俄罗斯出了什么事情啦？狗叫吗？狼嚎吗？或者是我的孩子在哭呢？"

伊凡回答他说：

"这是我——你的儿子。在俄罗斯，一切都安静得很。"

爸爸吃饱了面包，仍旧躺到坟里去。伊凡于是回家，一路上采蘑菇。他回到家里，大哥问他：

"你看见了爸爸没有？"

"看见了。"

"他吃了面包没有？"

"吃了。吃了个饱。"

到了第二天晚上，二哥该去了，可是他不知道是偷懒呢还是害怕，他说：

"小伊凡，你替我到爸爸那儿去吧。我给你编草鞋。"

"好吧。"

伊凡带了些面包，到爸爸的坟上去，坐在那里等。到了半夜，地裂开了，爸爸升起来问他：

"谁在这呀？是你吗，老二？告诉我，俄罗斯出了什么事情啦？狗叫吗？狼嚎吗？或者是我的孩子在哭呢？"

伊凡回答他说：

"这是我——你的儿子。在俄罗斯，一切都安静得很。"

爸爸吃饱了面包，仍旧躺到坟里去。伊凡于是回家，一路上采蘑菇。他回到家里，二哥问他：

"他吃了面包没有？"

"吃了。吃了个饱。"

第三天晚上，轮到伊凡去了。他对两个哥哥说：

"我已经去了两个晚上。这一回你们上爸爸的坟上去吧，我来休息一下。"

两个哥哥回答他说：

"什么话，小伊凡，那边你去熟了，还是你去好。"

"嗯，也好。"

伊凡带了些面包，就去了。半夜里地裂开了，爸爸从坟里升起来：

"谁在这儿呀？是你吗，我的小儿子伊凡？告诉我，俄罗斯出了什么事情啦？狗叫吗？狼嚎吗？或者是我的孩子在哭呢？"

伊凡回答他说：

"这是你的儿子小伊凡。在俄罗斯，一切都安静得很。"

爸爸吃饱了面包，对他说：

"只有你一个人照我的吩咐做，三个晚上不怕上我的坟。你到田野里去这样嚷：

'灰色马–棕色马，未卜先知的土黄色马，你快像叶子飘到青草上一样，站到我的面前来吧！'那马就会跑到你面前来的，你打它的右耳朵钻进去，打左耳朵钻出来。这样你就变成一个仪表堂堂的好汉了。然后你坐到马背上去，骑了它动身。"

伊凡拿起马勒，谢过爸爸，就回家了，一路上他又采了许多蘑菇。他回到家里，两个哥哥问他：

"你看见了爸爸没有？"

"看见了。"

"他吃了面包没有？"

"爸爸吃了个饱，再也不叫咱们去了。"

这时候，国王号召所有没成亲的小伙子到王宫里去。他的女儿——美丽无比公主——给自己盖了一座有十二根柱子、十二根梁的高楼。她坐在楼顶上，等着看谁的马能够一跳就跳到她站着的地方，吻到她的嘴唇。如果有人能做到，不管他是怎么样的人，国王也要把美丽无比公主嫁给他，外加半个王国作为嫁妆。

伊凡的两个哥哥听到这个消息，就互相商量：

"咱们去碰碰运气吧。"

他们用燕麦喂饱两匹好马，把它们牵出来。他们自己穿得干干净净，梳好了头发。伊凡坐在暖炕上的烟囱后面对他们说：

"大哥，二哥，你们带我一块儿去碰碰运气吧！"

"傻瓜，煨灶猫！你还是到树林子里去采蘑菇吧，免得惹人笑话。"

两个哥哥骑上好马，戴上帽子，一声口哨，一声喊叫，只见灰尘滚起来了。伊凡拿起马勒到田野上去。他到了田野上，就照他爸爸教的法子嚷：

"灰色马－棕色马，未卜先知的土黄色马，你快像叶子飘到青草上一样，站到我的面前来吧！"

不知道打哪儿跑来了一匹马，连地也被震动了，它的鼻孔冒火，耳朵直喷烟。它一动也不动地站在伊凡面前，问他：

"你有什么吩咐？"

伊凡摸摸那马，装上马勒，打它的右耳朵钻进去，打左耳朵钻出来，变成了一个年轻好汉，那模样叫人想也想不出来，猜也猜不出来，连笔墨也没法儿形容。他上马就往王宫走。灰色马－棕色马跑起来了，地也震动了，它的尾巴扫过高山和低谷，树墩和木头在四条腿之间掠过。

伊凡来到王宫的院子，只见那儿人山人海。美丽无比公主在那座有十二根柱子、十二根梁的高楼顶上，她坐在窗子前面。

国王走出门来，对大家说：

"年轻人，你们谁要是能够骑在马上，纵身跳到窗口，吻到我的女儿，我就把她许配给这个人，外加半个王国作为嫁妆。"

于是好汉们开始跳了。那地方好高哇，到不了！伊凡的两个哥哥试了试，连一半也没有跳到。轮到伊凡跳了。

他赶着灰色马－棕色马，一声叫，一声喊，纵身一跳——只差两根梁没有跳到。他重新跳起来，重新飞起来——只差一根梁没有跳到。他转了个身，兜了一个圈子，再把马赶急了一跳——他像一团火似的飞过窗口，吻到了美丽无比公主的嘴唇，公主用戒指在他的脑门儿上一敲，留下了一个印子。

"留住他，别放他走！"

可是他连影子也没有了。

　　伊凡跑到田野上，打灰色马-棕色马的左耳朵钻进去，打右耳朵钻出来，重新变成傻瓜伊凡。他放走了马，自己一个人回家，一路上采蘑菇。他拿一块破布条包住了脑门子，爬上暖炕躺下来。

　　他的两个哥哥回到家里，讲他们到过什么地方，看见了什么东西。

　　"好汉到了许许多多，其中有一个比谁都好——他骑马一纵身哪，就吻到了公主的嘴唇。大家只看见他打哪儿来，可没看见他上哪儿去。"

　　伊凡坐在烟囱后面说：

　　"这不是我吗？"

　　两个哥哥生他的气：

"傻瓜只会说傻话！坐在炕上吃你的蘑菇吧。"

伊凡偷偷解开脑门子上的破布条，露出公主用戒指敲了一下的印子——屋子里顿时火光熊熊。两个哥哥吓了一跳，连忙嚷道：

"你在干什么呀，傻瓜？放火烧房子吗？"

第二天，国王请所有的贵族、公爵和平民，有钱人和穷人，老的和少的去吃酒席。

伊凡的两个哥哥也动身到国王那儿去吃酒席。伊凡对他们说：

"带我去吧！"

"傻瓜，你能上哪儿去呀，难道去招人笑话吗！你坐在炕上吃你的蘑菇吧。"

两个哥哥骑上好马走了，伊凡便一步一步走着去。他来到国王的宴会上，坐在老远一个墙角里。美丽无比公主开始绕着客人走。她捧了一碗蜜糖，看谁的脑门子上有印子。

她走过所有的客人，一直来到伊凡面前，她的心一下子痛得要命。她仔仔细细地看了他一会儿——只见他浑身都是煤灰，头发垂直竖起来。

美丽无比公主开始问他：

"你是谁的孩子呀？你是打哪儿来的？你为什么把脑门子包起来呢？"

"我受伤了。"

公主解开他脑门子上的布条——忽然满宫殿都是光。她嚷起来了：

"这是我的印子！我的未婚夫原来在这里！"

国王走过来说：

"这是怎么样一个未婚夫哇！他又丑，又是满身煤灰。"

伊凡对国王说：

"您让我去洗一洗吧。"

国王答应了。伊凡走到外面的院子里，照他爸爸教的话嚷道：

"灰色马-棕色马，未卜先知的土黄色马，你快像叶子飘到青草上一样，站到我的面前来吧！"

不知道打哪儿忽然跑来了一匹马，连地也被震动了，它的鼻孔冒火，耳朵直喷烟。伊凡打它的右耳朵钻进去，打左耳朵钻出来，重新变成那样一个年轻好汉，叫人想也想不出来，猜也猜不出来，连笔墨也没法儿形容。所有的人都"啊呀"地叫了一声。

说到这里，就只剩下这么一句话了：他们用一顿快活的酒席来庆祝婚礼。

返老还童苹果和起死回生水的童话

从前，某一个王国有一个国王，他有三个儿子：大儿子叫作费陀尔，二儿子叫作瓦西里，小儿子叫作伊凡。

国王很老了，眼睛也不行了，可是他听说在离这里很远很远的地方，在很远很远很远的王国里，有一个长着返老还童苹果的花园，有一口盛着起死回生水的井。老头儿如果吃了这种苹果就会变年轻，瞎子如果用这种水擦眼睛就会重见光明。

国王大摆酒席，把公侯贵族都请来，对他们说：

"孩子们哪，你们谁愿意自告奋勇，到很远很远的地方去，到很远很远的王国里，把返老还童苹果带回来给我，再用一个有十二个嘴的瓶子装一瓶起死回生水回来给我呢？谁能做到，我死了以后，就分给他半个王国。"

这时候，大官儿躲到中官儿后面，中官儿躲到小官儿后面，可是小官儿里面呢，一声回答也没有。

大儿子费陀尔王子走出来说：

"我们不愿意把王国分给别人。爸爸，我去走一遭，把返老还童苹果带回来给你，用一个有十二个嘴的瓶子装一瓶起死回生水回来给你。"

费陀尔王子来到马房，给自己挑了一匹没骑过的马，装上一副没装过的马勒，拿起一根没抽过的鞭子，扣上十二根肚带——这不是为了装饰，而是为了牢靠一点儿……费陀尔王子于是起程了。

大家只看见他上马，可没来得及看见他打哪一个方向跑掉了……

他走了不知道多远，走过低地，又走过高山，从早上走到晚上，从日出走到日落。他走到一个三岔路口。三岔路口上放着一块石板，上面写着：

"朝右边走——救了自己丢了马。朝左边走——救了马丢了自己。朝当中走——娶个好媳妇。"

费陀尔王子想了想："就到娶好媳妇的地方去吧。"

他转身向娶好媳妇的那条路走。他走了又走，走到一座金顶的房子前。一个漂亮姑娘从房子里出来，对他说：

"王子，我把你从马上拉下来，你跟我一块儿进去吃一顿，休息一下吧。"

"不行，好姑娘，我不想吃。我睡了一晚上，路还是要走的，我得继续赶路哪。"

"王子，你别忙着走，快进来休息一下吧。"

漂亮的姑娘把他拉下马，带他进屋子。她给他吃，给他喝，让他好好休息一下。

费陀尔王子才靠墙躺下，这漂亮姑娘就很快地把床来一个翻身，他于是飞也似的跌进地窖，落到深坑里去了……

过了不知道多久，国王又摆酒席，把公侯贵族都请来，对他们说：

"喂，孩子们哪，你们谁愿意自告奋勇，去把返老还童苹果带回来给我，再用一个有十二个嘴的瓶子装一瓶起死回生水回来给我呢？谁能做到，我就分给他半个王国。"

这时候，大官儿又躲到中官儿后面，中官儿又躲到小官儿后面，可是小官儿里面呢，一声回答也没有。

二儿子瓦西里王子走出来：

"亲爱的爸爸，我不愿意把王国分给别人。我去走一遭，把这些东西带回来，交到你的手里。"

瓦西里王子来到马房，给自己挑了一匹没骑过的马，装上一副没装过的马勒，拿起一根没抽过的鞭子，扣上十二根肚带。

瓦西里王子于是起程了。大家只看见他上马，可没来得及看见他打哪一个方向跑掉了……这样，他来到那个三岔路口，路口上放着一块石板，他看见上面写着：

"朝右边走——救了自己丢了马。朝左边走——救了马丢了自己。朝当中走——娶个好媳妇。"

瓦西里王子想了想，就走上了娶好媳妇的那条路。他来到那座金顶的房子前。一个漂亮姑娘走出来，请他进去吃一顿，休息一下。

"王子，你别忙着走，快进来休息一下吧。"

她于是把他拉下马，带他进屋子，给他吃，给他喝，让他好好休息一下。

瓦西里王子才靠墙躺下，她又把床来一个翻身，他就落到地窖里去了。

里面有人问他：

"掉下来的是谁？"

"瓦西里王子。坐着的是谁？"

"费陀尔王子。"

"咳，哥哥，咱们都掉下来了！"

过了不知道多久，国王第三次大摆酒席，把公侯贵族都请来：

"你们谁愿意自告奋勇，去把返老还童苹果带回来给我，用一个有十二个嘴的瓶子装一瓶起死回生水回来给我呢？我死了以后，就分给这位骑士半个王国。"

这时候，大官儿又躲到中官儿后面，中官儿又躲到小官儿后面，可是小官儿里面呢，一声回答也没有。

伊凡王子走出来说：

"亲爱的爸爸，你给我祝福吧，从我聪明的头一直祝福到敏捷的腿，祝福我走到很远很远很远的王国里，给你找到返老还童苹果和起死回生水，还找到我的两个哥哥吧。"

国王给了他祝福。伊凡王子走进马房，想给自己挑一匹马。他朝哪匹马一望，哪匹马就发抖，他的手在哪匹马身上一放，哪匹马就倒下来……

伊凡王子挑不出一匹理想的马。他一路走，一路低着头。后院的老太婆碰见了他：

"好哇，孩子，伊凡王子！你为什么这样愁眉苦脸地走路哇？"

"老婆婆，我怎么不发愁呢？我挑不出一匹理想的马来。"

"你早就该问我了。有一匹好马被铁链锁上了，关在那边的监牢里，你可以去把它带走，它准是你理想的马。"

伊凡王子走到监牢前面，往铁板上踢了一脚，把铁板踢得翻转过来。

他向好马跳过去，那马用前腿站在他的肩膀上。

伊凡王子站在那里——一动也不动。马挣脱铁链，从监牢里跳出来，把伊凡王子也拖出来了。

伊凡王子给它装上一副没装过的马勒，放上一副没骑过的小马鞍，再扣上十二根肚带——这不是为了好看，而是为了伟大和光荣。

伊凡王子于是起程了。大家只看见他上马，可没来得及看见他打哪一个方向跑掉了……他来到三岔路口，心里想：

"朝右边走——丢了马，没了马我可怎么办？一直走——娶个好媳妇，我出来不是为了娶媳妇。朝左边走——救了马，这条路对于我是最好的。"

他于是转过身来，朝那条救了马丢了自己的路走。他走了不知道多久，走过低地，又走过高山，走过青草地，又走过石头山，从早上走到晚上，从日出走到日落，直到来到一间小房子前。

这小房子架在鸡脚上，有一个小窗子。

"小房子啊小房子，你转个身，后面转到树林子那边去，前面转到我这边来吧！我怎样走到你里面去，待会儿也怎样走出来。"

小房子转了个身，后面转到树林子那边去，前面转到伊凡王子这边来。他迈步走进房子。房子里坐着一个老妖婆。她在扔丝一样的麻线，把线搭过衣裳竿子。

"哈哈，"她说，"俄罗斯人的样子看也没有看见过，声音听也没有听到过，现在俄罗斯人倒自己上门来了。"

伊凡王子对她说：

"唉，你这老妖婆，骨头腿，还没捉住鸟儿，就想拔毛了，你还没认识年轻好汉，就说坏话了……你最好马上起来，给我这过路的年轻好汉吃点儿东西，喝点儿东西，预备床铺给我住一晚上。等到我躺下来，你再坐在床头上问我，我自然会告诉你我是什么人，打哪儿来的。"

老妖婆把这些事情办到了——她给伊凡王子吃过，喝过，让他好好休息。她坐在枕头旁边问他：

"过路人，好汉，你是谁呀？你是打哪儿来的？你是什么地方的人哪？你是哪一个爸爸、哪一个妈妈的儿子啊？"

"奶奶，我是打某一个王国来的，我是国王的儿子伊凡王子。我要到很远很远的地方去，到很远很远的一个湖那边的一个很远很远很远的王国里，去找起死回生水和返老还童苹果。"

"咳，我亲爱的孩子，你还得走很远哪。这些起死回生水和返老还童苹果，是一个强大有力的女勇士——蓝眼睛姑娘的，她是我的亲侄女。我不知道你是不是能够得到这些个宝贝……"

"老婆婆，请你把我指点得聪明点儿吧。"

"许多年轻人走过，难得有几个说话是有礼貌的。好孩子，你骑我的马吧。我的马利落点儿，它会把你带到我的二姐那儿去，她会教你的。"

第二天早晨，伊凡王子起得早早的，洗得白白的。他谢谢老妖婆让他住了一晚上，就骑着她的马走了。

忽然他对马说：

"停下来！我掉了一只手套。"

马回答他说：

"你讲话的时候，我已经跑了两百俄里了……"

伊凡王子走了不知道多远。天晚了，他看见前面有一座鸡脚架的小房子，这房子有一个小窗子。

"小房子啊小房子，你转个身，后面转到树林子那边去，前面转到我这边来吧！我怎样走到你里面去，待会儿也怎样走出来。"

小房子转了个身，后面对着树林子，前面对着他。

忽然有一匹马叫起来，伊凡王子骑着的马答了一声。

这两匹马是一群里的。

一个比先前那个更老的妖婆听见这声音，就说：

"大概是妹妹来看我了。"

她走到台阶上：

"哈哈，俄罗斯人的声音听也没有听到过，样子看也没有看见过，现在俄罗斯人倒自己上门来了。"

伊凡王子对她说：

"唉，你这老妖婆，骨头腿，迎客凭衣服，送客凭智慧。你还是安置好我的马，给我这过路好汉吃点儿东西，喝点儿东西，再给我一张床睡觉吧……"

老妖婆把这些事情都办到了——她安置好马，给伊凡王子吃过，喝过，让他休息了一下，就开始问他是谁，打哪儿来，上哪儿去。

"老婆婆，我是打某一个王国来的，我是国王的儿子伊凡王子。我要到强大有力的蓝眼睛姑娘那儿去要起死回生水和返老还童苹果……"

"咳，亲爱的孩子，我不知道你是不是能够得到这些个宝贝，因为你很难到蓝眼睛姑娘那儿去的！"

"老婆婆，请你把我指点得聪明点儿吧。"

"许多年轻人走过，难得有几个讲话是有礼貌的。好孩子，你骑我的马吧，它会跑到我姐姐那边去。她教你怎么办，要比我好多啦。"

伊凡王子在这老太婆家里住了一晚上，早晨起得早早的，洗得白白的。他谢谢老妖婆让他住了一晚上，就骑着她的马走了。这匹马比那一匹马还要快。

忽然伊凡王子说：

"停下来，我掉了一只手套！"

马回答他说：

"你讲话的时候，我已经跑了三百俄里了。"

事情做起来慢，故事讲起来快。话说伊凡王子从早上走到晚上，从日出走到日落。他来到一座鸡脚架的小房子前，这房子有一个小窗子。

"小房子啊小房子，你转个身，后面转到树林子那边去，前面转到我这边来吧！我不在这儿住百年千年，就只住一个晚上。"

忽然有一匹马叫起来，伊凡王子骑的马跟着答应。一个老妖婆走到台阶上，她年纪挺老的，比之前那个还要老。她看见马是妹妹的马，可是骑马的是个外国人，是个漂亮的好汉。

这时候，伊凡王子有礼貌地向她鞠了个躬，请求住一晚上。没有办法啊！住的地方不能够随身带，可是住的地方人人都需要——步行的人也好、骑马的人也好、穷人也好、有钱人也好。

老妖婆把事情都办好了，她安置好马，给伊凡王子吃过，喝过，开始问他是谁，打哪儿来，上哪儿去。

"老婆婆，我是打某一个王国来的，我是国王的儿子伊凡王子。我在你小妹妹那儿过了一晚上，她叫我到她二姐那儿去，二姐又叫我到你这儿来。请你把我指点得聪明点儿吧，我怎样才能得到蓝眼睛姑娘的起死回生水和返老还童苹果呢。"

"也好，伊凡王子，我帮你的忙。我的侄女蓝眼睛姑娘是个强大有力的女勇士。在她的王国四周，有一座三俄丈高、一俄丈厚的城墙，大门旁边有卫兵，有三十个大力士。他们不会放你进门的。你必须在半夜里骑了我的好马去。你到了城墙边，就用没抽过的鞭子在马身上那么一抽，马就跳过城墙了。你把马拴好，走进花园。这时候你可以看见一棵结着返老还童苹果的苹果树，树下有一口井。你摘下三个苹果，一个也不要多摘。然后你用有十二个嘴的瓶子从井里装一瓶起死回生水。蓝眼睛姑娘这时候睡着了，你可不要走到屋子里去看她。你骑上我的马，在它硬挺的身上一抽，它就会背了你跳过城墙的。"

伊凡王子不在老妖婆家里过夜，骑着她的好马连夜赶路。这马飞也似的跑，跳过沼泽地和苔地，尾巴扫过河流和池湖。

走了不知道多少时候，走过低地又走过高山，伊凡王子半夜里来到那座高高的城墙。大门口的卫兵——三十个大力士——都睡着了。

他夹紧自己那匹好马，用没抽过的鞭子把它一抽。马鼓起了气，一跳就跳过了城墙。伊凡下马走进花园，看见一棵长着银叶子、金苹果的苹果树，树下有一口井。伊凡王子摘下三个苹果，一个也没有多摘，接着他又用有十二个嘴的瓶子从井里装了一瓶起死回生水。他很想见见那位有力气的女勇士——蓝眼睛姑娘。

伊凡王子走进屋子，只见屋子里这边躺着六个女勇士，那边躺着六个女勇士——都是些大力姑娘，蓝眼睛姑娘在当中翻来覆去，睡着了，发出像急流的河水那么响的声音。

伊凡王子忍不住，弯身吻了她才出去……他刚骑上那匹好马，马就对他说人话：

"伊凡王子，你不听话，走到屋子里去看蓝眼睛姑娘！现在我跳不过城墙了。"

伊凡王子用没抽过的鞭子把马一抽。

"你这匹马，你这喂狼的东西、草包，咱们可不能在这儿过夜啊，脑袋要搬家的！"

马比来的时候更加鼓起了气跳过城墙，可是它的一只脚碰到了墙，墙头上的铃响起来了，钟响起来了。

蓝眼睛姑娘醒过来，看见东西叫人偷去了：

"起来吧，咱们叫人偷掉不少东西了！"

她吩咐把自己那匹大力马装上马鞍，和十二个女勇士一块儿冲出去追赶伊凡王子。

伊凡王子赶着马拼命地跑，蓝眼睛姑娘在他后面紧紧地追。他来到老妖婆的地方，老妖婆已经把马牵出来预备好了。他从骑着的马上下来，换了一匹马，继续向前跑……伊凡王子才出门，蓝眼睛姑娘已经进门，问那老妖婆说：

"老婆婆，这儿没有一头牲口走过吗？"

"没有哇，亲爱的孩子。"

"老婆婆，这儿没有一个小伙子走过吗？"

"没有哇，亲爱的孩子。你一路辛苦，最好喝点儿牛奶。"

"老婆婆，我喝是很想喝，不过挤牛奶要花很多时间。"

"哪儿的话，亲爱的孩子，我很快就会弄好的……"

老妖婆去挤牛奶，挤得不急不忙的。蓝眼睛姑娘喝过牛奶，又去追赶伊凡王子。

伊凡王子来到第二个老妖婆那里，换过马，又赶路向前走。他才出门，蓝眼睛姑娘就进了门：

"老婆婆，这儿没有一只牲口走过吗？这儿没有一个小伙子走过吗？"

"没有哇，亲爱的孩子。你一路辛苦，最好吃点儿饼。"

"你要烤很长时间的。"

"哪儿的话，亲爱的孩子，我很快就会弄好的……"

老妖婆去烤饼，烤得不急不忙的。蓝眼睛姑娘吃过饼，又去追赶伊凡王子。

伊凡王子来到最小的那个老妖婆那里，下了马，骑上自己原先那匹勇猛的马，继续赶路向前走。他才出门，蓝眼睛姑娘就进了门，问老妖婆有没有一个小伙子走过。

"没有哇，亲爱的孩子。你一路辛苦，最好在洗澡房里洗个澡。"

"要花很长时间的。"

"哪儿的话，亲爱的孩子，我很快就会弄好的……"

老妖婆热好了洗澡房，全预备好了。蓝眼睛姑娘洗过澡，又去追赶伊凡王子。她的马山过山、岭过岭，尾巴扫过河流湖沼。她赶上了伊凡王子。

伊凡王子见后面那些追兵——十二个女勇士和蓝眼睛姑娘——已经追上了他，眼看就要拿下他的脑袋了。他停住了马，蓝眼睛姑娘向他直扑过来，嚷着说：

"小偷，你为什么问也不问就喝我的井水，连井也不盖起来！"

他对她说：

"怎么样，我们骑马来三个回合，较量较量吧。"

说着伊凡王子和蓝眼睛姑娘骑马大战三个回合，比过棍子、长矛和尖刀。他们较量了三回，棍子断了，长矛和尖刀也磕崩了，可是谁也不能够把谁打下马来。他们觉得在马上较量没意思，于是下马角力。

他们从早角力到晚，从日出一直角力到日落。

伊凡王子敏捷的脚忽然一滑，跌倒在湿地上。蓝眼睛姑娘用膝盖抵住他的白胸膛，抽出一把短钢刀来想要剖开他的胸膛。伊凡王子对她说：

"蓝眼睛姑娘，你不要杀我，还是把我从湿地上拉起来，亲吻我吧。"

蓝眼睛姑娘把伊凡王子从湿地上拉起来，亲吻他。他们在平原上、在宽阔的空地上、在青草地上搭起了帐幕。他们在这里玩耍了三天三夜，好不快乐。他们又在这儿订了婚，交换了宝石戒指。

蓝眼睛姑娘对他说：

"我要回家了，你也回家去吧，不过你当心别拐到别的地方去……你在你的国家等我三年吧。"

他们各自上了马，就分手了……过了不知道多少时候，事情做起来慢，故事讲起来快，话说伊凡王子来到三岔路口，路口有一块石头，他心里想：

"好得很！我现在回了，可是我两个哥哥连一点儿下落也没有。"

他不听蓝眼睛姑娘的话，转身沿着娶个好媳妇的那条路走，他来到了那座金屋顶的房子。到了那里，伊凡王子骑的马叫起来了，他两个哥哥的马也跟着答应。这些马是一群里的。

伊凡王子走上台阶，叩叩门环，屋顶摇动起来，窗子歪斜了。一个漂亮姑娘跑了出来。

"唉，伊凡王子，我等了你好久了！进去吃点儿东西，休息一下吧。"

她把他带进屋子，拿东西来招待他。伊凡王子吃的少，扔到桌子底下去的多；喝的少，倒在桌子底下的多。接着那漂亮姑娘把他带进卧室。

"睡吧，伊凡王子，安息吧。"

伊凡王子把她推倒在床上，将床很快地翻了个身，那姑娘就跌进地窖，落到深坑里去了。

伊凡王子在坑上弯着身体叫道：

"里面有活人吗？"

坑里有人回答：

"有费陀尔王子和瓦西里王子。"

伊凡王子把他们从坑里拉出来，他们的脸黑黑的，满脸都是泥土。伊凡王子用起死回生水给两个哥哥一洗，他们又跟从前一样了。

他们上马就走。

走了不知道多少时候，他们来到三岔路口。伊凡王子对两个哥哥说：

"你们看好我的马，我躺下来歇一会儿。"

他躺在丝一样的草上，睡得烂熟。费陀尔王子对瓦西里王子说：

"咱们回去，又没有起死回生水，又没有返老还童苹果，简直没有一点儿面子，爸爸会叫咱们去赶鹅的。"

瓦西里王子回答他说：

"咱们把伊凡王子扔到深渊里去，拿了这些东西，送到爸爸的手里去吧。"

他们于是从他的怀里拿出返老还童苹果和一瓶起死回生水，把他提起来，扔到深渊里去。伊凡王子跌了三日三夜才到底。

伊凡王子跌在海边，清醒过来只看见天空和水。海边有一棵老橡树，几只小鸟正在树下吱吱叫，风雨在吹打他们。

伊凡王子脱下身上的长外套来盖住这些小鸟，自己躲在橡树下面。

风雨停了，大鸟纳加依动身起飞。它飞回来，坐在橡树底下问小鸟说：

"我亲爱的孩子们哪，倾盆大雨倒没有把你们淋死？"

"妈妈，不要嚷，有一个俄罗斯人保护了我们，他用自己的外套盖住了我们。"

大鸟纳加依于是问伊凡王子说：

"好人儿，为什么你会落到这儿？"

"我的亲哥哥为了返老还童苹果和起死回生水，把我扔到深渊里了。"

"你保护了我的孩子，你要什么尽管问我要吧：金子啊、银子啊、贵重的宝石啊。"

"大鸟纳加依，金子、银子、贵重的宝石我全不要。我能不能回祖国去呢？"

大鸟纳加依回答他说：

"你先给我弄两大桶肉吧，每一桶要十二普特重。"

伊凡王子于是在海边射死了许多鹅和天鹅，把它们塞进两个大桶，一个大桶放在大鸟纳加依的右肩膀，一个大桶放在它的左肩膀，自己坐在它的背上。他开始喂大鸟纳加依吃肉，大鸟纳加依举起翅膀，飞上高高的天空。

大鸟纳加依飞呀飞的，伊凡王子给它吃啊吃的……这样飞了不知道多少时候，伊凡王子把两桶肉都喂光了，可是大鸟纳加依又回过头来。他于是拿刀在自己的腿上割下一块肉，丢进大鸟纳加依的嘴里。它飞呀飞的，又回过头来了，他从自己另外一条腿上割下一块肉来扔给它吃。这时候，再飞不远就到了。大鸟纳加依又回过头来，他从自己的胸膛上割下一块肉来扔给他。

大鸟纳加依把伊凡王子送到了祖国。

"一路上你喂我喂得很好，尤其是末了那块肉，我一辈子都没吃到过那么好吃的。"

伊凡王子给它看伤口，大鸟纳加依于是把三块肉吐出来，说：

"你把它们放回原处去吧。"

伊凡王子把肉放回去，肉就长在骨头上。

"你现在下来吧，伊凡王子，我要飞回家里去了。"

大鸟纳加依飞上半空，伊凡王子一路朝自己的家乡走。

他来到京城，知道费陀尔王子和瓦西里王子把起死回生水跟返老还童苹果带回来交给了爸爸，国王的病于是好了——他的身体跟从前一样结实，眼睛跟从前一样锐利。

伊凡王子不到爹娘那儿去，他结交了一群酒鬼——酒店里的一群穷人，在一家一家酒店里游荡。

那时候，在那很远很远的地方，在很远很远很远的王国里，女勇士蓝眼睛姑娘生下两个儿子。他们不是一天一天地长大，而是一个钟头一个钟头地长大。

故事讲得快，事情做起来可没这么快——话说三年过去了。蓝眼睛姑娘带了儿子，领了兵马来找伊凡王子。

她来到他的王国，在平原上、在宽阔的空地上、在青草地上搭了一座座白亚麻布的帐篷。从帐篷门口，她用五颜六色的呢绒铺出一条路来。接着她派人到京城里去对国王说：

"国王，把王子交给我吧。你要是不给呀，我把你的整个王国都踩平、烧光，连你本人也捉起来。"

国王很害怕，就把大儿子费陀尔王子派去。费陀尔王子顺着五颜六色的呢绒路走，来到那座白色亚麻布的帐篷。两个小孩子跑出来：

"妈妈呀妈妈，来的不是我们的爸爸吗？"

"不是的，好孩子，这人是你们的大伯父。"

"你说我们怎样对付他好呢？"

"好孩子，你们好好地招待他一顿吧。"

两个小孩子于是拿手杖去揍费陀尔的屁股。他们揍了又揍，他好容易才逃走了。

蓝眼睛姑娘又派人去对国王说：

"把王子交给我……"

国王更加害怕，就把第二个儿子瓦西里王子派去。他来到那座帐篷。两个小孩子跑出来：

"妈妈呀妈妈，来的不是我们的爸爸吗？"

"不是的，好孩子，这是你们的二伯父。好好地招待他一顿吧。"

两个孩子又用手杖给伯父搔了一顿痒痒。他们搔了又搔，瓦西里王子好容易逃走了。

蓝眼睛姑娘第三次派人去对国王说：

"去吧，去把你的小儿子伊凡王子找回来吧。要找不到哇，我把你的整个王国都踩平、烧光。"

国王更加害怕，就把费陀尔王子和瓦西里王子叫来，吩咐他们去找弟弟伊凡王子。他们两弟兄于是在父亲的脚下跪下来，认了一切的罪，说伊凡王子睡着的时候，他们怎样偷了他身上的起死回生水和返老还童苹果，把他扔到深渊里去了。

国王听见这话，眼睛里充满了眼泪。正在这时候，伊凡王子亲自到蓝眼睛姑娘那儿去了，酒店里那些穷人也跟着他一块儿去。他们弄破了脚底下的呢绒，指手画脚的。

他来到白色亚麻布的帐篷。两个小孩子跑出来：

"妈妈呀妈妈，好一个酒鬼上咱们这儿来了，他还带来一班酒店里的穷人哪！"

蓝眼睛姑娘对他们说：

"你们牵着他的手，把他带到帐篷里来吧。这人正是你们的亲爸爸，他无缘无故地受了三年苦。"

他们于是牵着伊凡王子的手，把他带进帐篷。蓝眼睛姑娘给他洗过脸，梳好头发，换过衣服，侍候他睡觉。她又给酒店那些穷人一人一杯酒，他们于是回家了。

第二天，蓝眼睛姑娘和伊凡王子一块儿进王宫。于是大酒席开始了——他们用豪华的宴会来庆祝婚礼。费陀尔王子和瓦西里王子没有什么面子，给赶了出去，他们在这儿过一晚上，在那儿过一晚上，到第三个晚上，就没有地方过夜了……

伊凡王子不住在这地方，他和蓝眼睛姑娘一块儿到她的女儿国去了。

[苏联]阿·托尔斯泰著，任溶溶译，选用时有改动。

246

Czech

捷克

Folk Tales

民间故事

十二个月的故事

很久以前，有一位母亲和她的两个女儿住在一起。其中一个女儿是亲生的，而另一个是过继来的。她对自己亲生的女儿百依百顺、宠爱有加，对继女她却看都不愿意看一眼。原因也很简单——继女马鲁莎比她亲生女儿霍莱娜要漂亮得多。可是善良、单纯的马鲁莎对自己的美貌毫不知情，所以她一直搞不清楚为什么母亲一看到她就会生气。家里的所有家务都落在这个小姑娘肩上，她不仅要打扫、做饭、清洗和缝补衣裳，还要运干草到牛棚，照顾奶牛们。马鲁莎忙得不可开交时，霍莱娜却在一旁梳妆打扮自己，只知道偷懒玩乐。不过马鲁莎从无怨言，她是个隐忍又能吃苦的孩子，每次母亲训斥责骂她时，她就默默地承受着，像只温顺的羔羊。但就算是这样，马鲁莎也没有安宁的日子，继母和姐姐变着花样地欺压她，因为随着两位姑娘的长大，马鲁莎越来越漂亮，霍莱娜却越来越丑。

继母突然意识到："我为什么要把这样漂亮的继女留在家里呢？要是有小伙子上门求婚，他们肯定会一下子就爱上马鲁莎的，连看都不会看霍莱娜一眼。"

从那以后，继母和姐姐就一直谋划着甩掉马鲁莎。她们不仅不给她饭吃，还对她拳脚相加。不过马鲁莎还是默默忍受了这一切，虽然日子很苦，但她竟出落得更加动人了。看到这样的情景，坏心眼的母女俩更生气了，她们便想了不少招数来对付她，招招都残忍至极、令人难以想象。

那是一月中旬的一天，霍莱娜突然很思念紫罗兰的芬芳。

"马鲁莎，你去从森林里给我采些紫罗兰回来，我要把它们别在腰间，

让美妙的花香环绕着我。"她对妹妹说。

"天啊！姐姐，你的想法太荒谬了！有谁听说过雪里能长出紫罗兰的？"马鲁莎答道。

"我命令你做事，你居然还敢顶嘴？你现在就给我出门去找，你要是没把紫罗兰从森林里带回来，我就杀了你！"霍莱娜狠狠地威胁道。

继母一把抓住马鲁莎，把她丢到了门外，然后紧紧地把门关上。马鲁莎伤心极了，哭哭啼啼地走进了森林。雪积得很深，路上连个脚印都看不见。马鲁莎在森林里找了很久，又冷又饿。她此时甚至希望神明能赶快把她从这个世界上带走。

后来她看到了一束远方传来的光亮。她朝着光的方向走去，最后来到了一座山顶上。那里有一个大火堆，火堆周围摆放着十二块石头，每块石头上都坐着一个人。十二个人中，有三位胡子花白，三位正值中年，三位样貌年轻，还有三位更显稚嫩的，他们红光满面、器宇轩昂。他们中没有人说话，都只是默默地坐着。他们十二位就是十二个月。尊贵的一月坐在比所有人都要高的位置上，他的头发和胡须白花花的，就像雪一样，他手里还握着一把权杖。

马鲁莎被眼前的景象惊呆了。她吓得不敢动，不过她又鼓起了勇气，大胆地走到他们面前说："好心的先生们，请让我在你们的火堆旁暖和暖和吧，我冻得全身都在发抖。"

一月点了点头，问她："亲爱的小姑娘，你怎么会来这里呢？你是来找什么东西？"

"我在找紫罗兰。"马鲁莎回答。

"现在可不是找紫罗兰的时候，大雪把一切都给盖住了。"一月说。

"是的，我知道，但我姐姐霍莱娜和继母让我必须从森林里带一些紫罗兰回去。如果我做不到，她们就要杀了我。神啊，求求你们告诉我要去哪儿才能找到它们。"

一月起身，走到一个年轻的月之神——三月——身边，将手中的权杖递给了他，说："弟弟，你坐到最高的位置上去。"

三月坐上了那块石头，在火堆上挥舞起了权杖。瞬间，火焰熊熊燃烧起来，冰雪也随之融化，树木长出新芽，小山毛榉树下全都是刚刚萌发的草芽儿，绯红的雏菊花蕾在草丛中探头，随即绽放。这是春天的景象啊。灌木丛下的紫罗兰躲在小叶片中吐蕊，还没等马鲁莎反应过来，它们就开得很茂密了，遍地都是，好似一匹蓝紫色的布帛铺盖在了地面之上。

"马鲁莎！赶快摘走你要的紫罗兰！"三月命令道。

马鲁莎高兴地采起花来，很快就收集了一大束。她诚挚地向几位月之神道谢后，就快乐地小跑着回家了。

看到马鲁莎带回紫罗兰，霍莱娜和继母都惊呆了。她们给她开了门，紫罗兰的香气一下子充满了整个小屋。

"你在哪儿找到它们的？"霍莱娜鄙夷地问。

"它们就长在山间森林的灌木丛下。"

霍莱娜把它们别在自己的腰带上，让母亲过来感受花香，却没有让她妹妹也来感受一下。

一天，霍莱娜在壁炉前踱步，突然冒出了吃草莓的念头。于是她又叫来了马鲁莎，命令道："马鲁莎，你去森林里给我摘些草莓回来。"

"唉！亲爱的姐姐，我去哪里给你摘草莓？有谁听说冰天雪地里能长出草莓的？"马鲁莎说。

"你这个小坏蛋，我命令你做事，你居然还敢顶嘴？现在马上去给我摘草莓，不然我就杀了你！"

继母再次抓住马鲁莎，把她推到门外，狠狠地关上了大门。马鲁莎又哭着来到了森林里。雪一如既往的深，看不到任何人的踪迹。饥寒交迫的她又在雪地里找了很久。最后，她看到了几天前见过的那道光。她开心极了，连忙朝着光走去。她又来到了围坐在大火堆附近的十二位月之神身旁。

"好心的先生们，让我在火堆旁暖和暖和吧，我冷得发抖。"

一月点了点头，问她："你怎么又来了，你这次又要找什么？"

"我来找草莓。"

"可是现在是冬天，雪地上是不会长出草莓的。"一月说。

"是的，我知道，"马鲁莎难过地说，"可是我的姐姐和继母让我给她们摘一些草莓回去，要是我没做到，她们就要杀了我。神啊，求求你们告诉我要去哪儿才能找到草莓。"

一月站起身来，他走到坐在他对面的那个月之神——六月——身边，并将手中的权杖递给他，说："弟弟，你坐到最高的位置上去吧。"

六月坐上了那块石头，在火焰上方挥舞权杖。火焰升高，它发出的热量瞬间融化了积雪。地面上立马变得绿油油的一片，树木也变得枝繁叶茂，鸟儿纷纷唱起歌儿，整片森林繁花似锦、五彩斑斓，到处都有花儿的曼妙身影。这是夏天的景象。灌木丛下长满了白色星星似的花骨朵儿，不断有花朵结出颗粒饱满的草莓。它们长得太快了，还没等马鲁莎反应过来，密密麻麻的红草莓就长满了一地，好像鲜血洒在了地上一般，到处都是红彤彤的。

"马鲁莎！赶紧摘走你要的草莓。"六月命令道。

马鲁莎便满心欢喜地摘起草莓，不一会儿就装满了她的围裙。她诚挚地向几位月之神道谢后，就快乐地小跑着回家了。看到马鲁莎带回了草莓，霍莱娜和继母再一次诧异不已。她们跑去给她开门，草莓香甜的气息瞬间布满了整间小屋。

"你从哪儿摘的？"霍莱娜轻蔑地问。

"山间森林里的小山毛榉树下长了很多草莓。"

霍莱娜一口接着一口地吃着草莓，撑得再也吃不下了，继母也和她一样，但她们却没有一点想和马鲁莎分享的意思。

霍莱娜吃过草莓后，又开始贪恋其他的美味，于是第三天她又想要一些红苹果。

"马鲁莎，你去到森林里给我摘一些红苹果。"她对妹妹说。

"唉！亲爱的姐姐，在这样寒冷的冬天里，我去哪儿给你摘苹果呢？"马鲁莎反驳道。

"我命令你做事，你居然还敢顶嘴？你现在就给我到森林里去找，如果没有把苹果带回来，我就杀了你！"霍莱娜威胁她说。

继母又一次抓住马鲁莎，把她推到门外，狠狠地关上了大门。马鲁莎伤心地走进森林。雪依旧很深，没有任何人的踪迹。但她这次没有盲目地四处寻找，而是径直跑向山顶，来到了有火堆熊熊燃烧的地方。十二位月之神围坐在火堆旁，是的，他们仍坐在那里，还是一月坐在最高的石头上。

"好心的先生们，让我在火堆旁暖和暖和吧，我冷得发抖。"

一月点了点头，问她："你为什么又来这里了？你还要找什么呢？"

"我在找红苹果。"

"现在是冬天，冬天是不会长出红苹果的。"一月回答。

"是的，我知道，"马鲁莎难过地说，"但我的姐姐和继母又让我从森林里摘一些红苹果回去。如果我没做到，她们就要杀了我。神啊，求求你们告诉我要去哪儿才能找到它们。"

一月站了起来，他走到其中一个月之神身边——那是九月。他把权杖递给他，说："弟弟，你坐到最高的位置上去。"

九月坐上了那块石头，在火焰上方挥舞起权杖。火堆中鲜红的火焰开始升腾、起舞，冰雪再次消融。但枝头上连一枚叶片都没有，只见片片枯叶随风飘摇、坠落，萧瑟的秋风吹得它们在地上直打转。这次马鲁莎没有看到繁花盛开的景象了，只有山坡和山谷里的红粉花和番红花还盛开着。小山毛榉树下长满了高大的蕨类植物和繁密的常春藤。但马鲁莎无心欣赏这些，一心只想找她的红苹果，最后她发现了一棵苹果树，许许多多的红苹果都高高地挂在枝头。

"马鲁莎！赶快摇动这棵树。"九月命令道。

马鲁莎激动地摇晃这棵树，不一会儿就有一颗苹果掉了下来。她再次摇了下这棵树，又掉了一颗苹果下来。

"马鲁莎，你现在赶快跑回家！"九月喊道。

马鲁莎马上听了他的话。她捡起地上的苹果，诚挚地向几位月之神道谢后，就快乐地小跑着回家了。

看到马鲁莎带回了苹果，霍莱娜和继母又一次震惊了。她们跑去给她开门，马鲁莎把两颗苹果递给了她们。

"你从哪儿摘来的苹果？"霍莱娜问。

"山间森林里长着很多苹果。"

"那你为什么不多带点回来？还是你在回家的路上把它们偷吃光了？"霍莱娜恶狠狠地问。

"哦！亲爱的姐姐，我可一颗都没吃。我先摇了摇苹果树，一颗苹果掉了下来，然后我又摇了摇它，就又掉下一颗，但后来他们就不让我再摇了，让我赶快回家。"马鲁莎反驳道。

霍莱娜气得诅咒起她来："你真应该被闪电劈死！"她伸手要去打她。

马鲁莎绝望地痛哭起来，她祈求神明赶快把自己带走，不然她就要被恶毒的姐姐和继母杀死了。她一边哭一边躲进了厨房。

见状，贪吃的霍莱娜就没有接着骂下去了，而是开始吃起了苹果。苹果非常香甜可口，霍莱娜不禁和母亲感叹，这真是她一生中吃过最好吃的东西了。继母也很喜爱它的滋味。吃完苹果的她们意犹未尽，咂咂嘴，她们还想吃更多的苹果。

"母亲，请把我的毛皮大衣拿给我。她只拿回来这么几个苹果，肯定是在路上偷吃过了，我要自己去森林里找，我肯定也能找到那个地方，我要把那些苹果全摇下来。"

母亲劝她不要这么做，但她一点儿也听不进去。她拿上毛皮大衣，把脑袋用头巾包住，就往森林里面走去。她的母亲一直站在门槛上望着她的身影，担心地看着她在冰天雪地里一步步前行。

大雪纷飞，厚厚一层的白雪堆积在地面上，把地上所有的痕迹都遮盖住了。霍莱娜在森林里找了很久，心中对甜苹果的渴望一直驱使着她前进。最后，她看到了远处的一束光亮。她向着光亮走去，爬上了山顶，看到那里有一个火堆正在熊熊燃烧，火堆周围有十二位月之神分别坐在十二块石头上。起初，她也很害怕，但不一会儿恐惧就消失了。她径直地走到火堆旁，伸出手来取暖，不过她并没有对十二位月之神提出任何"请求"，确切地说，她甚至一句话都没说。

"你为什么来这里？你来找什么？"一月生气地问。

"你管我来做什么？你这个老家伙，关你什么事！"霍莱娜气冲冲地答道，说罢，她便转身离开了火堆，又走进森林寻找苹果去了。

一月皱起眉头，将权杖挥过头顶。顷刻间，天空就布满了阴霾，火苗渐渐小了下去，森林里开始下起了鹅毛大雪，雪花就像羽绒被中的羽毛被纷纷抖落一般，在空中四处飞散，一阵凛冽的寒风刮进了森林。这下霍莱娜根本看不清眼前的路了，她在森林里迷失了方向，还摔进雪堆里好几次。她的四肢开始使不上劲儿，变得越来越僵硬。雪一直下个不停，这刺骨的寒风比以往任何时候都要猛烈。冻得瑟瑟发抖的霍莱娜嘴里咒骂起马鲁莎和神明。尽管她穿上了毛皮大衣，但她的四肢还是慢慢地结冰了。

继母在家里焦急地等着。她一直眼巴巴地盯着窗外，先是在窗口看着，后来又跑到门外寻找，但一切都徒劳无果。

"她不会是因为太喜欢那些苹果所以不舍得离开吧？还是发生了什么事情？我要亲自去找她。"继母心里做出如此决定。然后她穿上毛皮大衣，用披肩裹住头部，就出门寻找霍莱娜去了。雪积得很深，根本找不到人的脚印；雪也下得很大，冷飕飕的凉风在森林里猛烈地刮着。

马鲁莎准备好了晚餐，还去看了看母牛，可霍莱娜和继母却一直没有回来。

"她们去哪儿了，怎么待了这么久？"马鲁莎心想，然后来到纺纱车前开始纺纱。后来纱锭上的纱都纺满了，连屋子里也都黑漆漆一片了，可霍莱娜和继母还没有回来。

"天啊！到底发生什么事了？她们去哪儿了？"马鲁莎大喊，站在窗前焦急地透过窗户向外望去。天空因为雪的映照而亮堂堂的，地上积雪中的冰晶也闪闪发光，可是一片白茫茫中却看不到一个人影……她难过地关上了窗户，她不停地为姐姐和继母祈祷着。第二天早上，她做好早餐等她们回来；到了晚上，她又做好晚餐苦苦等待着。但无论她等多久都没有用，她继母和姐姐都不会再回来了，因为她们都被冻死在森林里了。

就这样，善良的马鲁莎继承了小屋、耕地和奶牛。后来她嫁给了一个善良的男人，从此两人过上了幸福的生活。

三朵玫瑰

从前，有一位母亲，她有三个女儿。一天，她要去隔壁镇的集市上买东西，于是她就问自己的女儿需要带什么东西回来。两个女儿列了一大堆东西，她们要求妈妈把她们想要的东西都买回来。等她们的要求提得差不多了，母亲就问第三个女儿：

"你呢，你不想要点什么吗？"

"不，我什么都不想要。不过，你要是愿意的话，就给我带三朵玫瑰花回来吧。"

如果只是这点小愿望的话，母亲当然会满足她的。

母亲汇总好所有要买的东西后，就出发去了集市。她买齐了所有能买到的东西，就带上它们往家的方向走了。可是夜幕降临得太快，可怜的母亲迷路了，黑暗之中她也不敢轻举妄动。她一直在森林中徘徊、寻找，累得精疲力竭，最后她在森林里发现了一座城堡，可她从未听说过森林里有什么城堡。城堡前面有一个种满了玫瑰花的大花园，花朵娇艳欲滴、香气迷人，这般美景是世上任何一位画家都难以描绘出来的，眼前的玫瑰花似乎都笑盈盈地望着母亲。这让她突然想起了她的小女儿，那个什么都不要，只说自己想要玫瑰花的小女儿。可母亲完全忘记了要带玫瑰花回去这件事。她只是单纯地想着：这里有这么多玫瑰，我就摘走这三朵吧。

她就走进花园摘下了玫瑰花。一瞬间，怪物巴西利斯克出现在了她的面前，他说必须要用她的女儿作为交换，才可以带走玫瑰花。这可把母亲吓坏了，赶忙要把花扔掉。但巴西利斯克却说为时已晚了，若是她不与他做这个交易，就要把她狠狠地撕成碎片。母亲只好答应用自己的女儿跟他交换。孤身一人的母亲弱小又无助，她只好先回家再想办法。

回到家后，她将三朵玫瑰花拿给了小女儿，并痛苦万分地说：

"你要的玫瑰花我给你带回来了，但是它的代价太大了。要用你来做交换，你现在赶快去森林里的城堡吧，但我真担心你会回不来啊。"

但玛丽看上去丝毫不在意，一口答应了母亲。母亲便领她去了那座能满足她一切心愿的城堡。没过多久，巴西利斯克就闻声赶来，他命令玛丽必须每天像照顾小婴儿一样地照顾他三个小时。玛丽无法反抗他的命令，只好照做。第一天，玛丽将巴西利斯克抱在怀中，悉心地照顾他三个小时，时间一到，心满意足的巴西利斯克就离开了。接下来的第二天和第三天他又来了，还在第三天带来了一把剑，让玛丽将他的脑袋砍下。

她连连拒绝，并且说她从来没有做过这样的事，而且也不能做这种事。可是这话却惹怒了巴西利斯克，他怒气冲冲地说，如果她不照做，那他就要将她撕成碎片。玛丽别无选择，只好走到他面前，一剑把他的脑袋砍了下来。巴西利斯克的脑袋滚到了地上，可这时他的身体里又钻出一条长蛇，嘴里还发着可怕的咝咝声。巴西利斯克又一次要求玛丽把他的脑袋砍下来。这次玛丽没有一丝犹豫，狠狠地把他的脑袋砍了下来。

顷刻间，那条长蛇化作了一位俊俏的青年，他神清气爽、语气愉悦地说：

"我正是这座城堡的主人，既然你拯救我脱离苦海，那我也要报答你——让你成为这座城堡的女主人。"

于是他们举办了一场盛大的婚礼，城堡里的所有人都参加了这场婚礼，他们手舞足蹈，城堡里充满了他们的欢歌笑语，真是好一副热闹非凡的景象！

一打九

很久以前，这里住着一位裁缝。他手头没有什么活儿要干的时候，就喜欢缝补他的袜子。一天晚饭后，他看到桌上落满了苍蝇，就拿起手中的袜子，狠狠地向它们打去，一下子打死了九只。

眼下他没有接到任何工作委托，所以他决定去探索世界，出发前还在腰带上写下了自己的战绩——"一打九"。他在路上遇到了一个售卖山雀的小男孩。于是他买了一只山雀，将它安放在包中，然后就继续他的旅途了。没过多久，他来到一座农场，此时农场主的妻子正在制作奶酪。裁缝走过去询问她是否能给予他一些食物，她便给了他一些酸牛奶和一块约克郡奶酪。裁缝喝光了牛奶，把奶酪收进他的背包后就继续赶路了。最终，他抵达了一个小镇。那天烈日炎炎、酷热难耐，他便找了个阴凉处躺下休息，不一会儿就睡着了。而这时，一位巨人碰巧经过那里，裁缝腰带上的金字一下子就吸引了他的注意力。

心里满是疑惑的巨人叫醒了裁缝，好奇地问：

"你真的一下就能打死九个？"

裁缝说他确实有过这样的战绩，听到此话，巨人便愤愤地说：

"那我们来比比谁更强壮吧。我向高处抛出一块石头，它一小时后才会落下来。"

裁缝说："我还可以抛出永远不会下落的石头呢。"

说完，巨人向空中抛出了一块石头，整整一个小时后它才掉到地上。而裁缝呢，他假装抛出石头，但其实是把包里的小山雀放走了，它自然不会再回到原地。

不服气的巨人说："我们再比试比试。我可以把石头压成粉末。"

裁缝说："那我能从石块里挤出水。"

听裁缝说完，巨人捡起一块鹅卵石，轻而易举地就把它压成了粉末。而裁缝则偷偷拿出奶酪，用力挤它，慢慢地就有水从里面渗出来了。

两次的挫败让巨人不得不认输，他承认裁缝才是他们两人中更强壮的一位。然后他就成了裁缝的这次探险之旅的伙伴，他们一起来到一棵长在牧场附近的樱桃树下，树上长的樱桃每一颗都红得发紫，见到它的人都垂涎欲滴。他们想摘一些樱桃吃。所以身型较小的裁缝爬到了树上，而高大的巨人只需要轻轻弯腰就可以够到树顶，准备就绪后，二人就开始采摘樱桃。巨人摘够了自己的分量就松了手，结果一下子把还在树上的裁缝甩飞了，直直地甩到了堆在牧场角落的干草上。心有不悦的裁缝讥讽地说：

"要不是我会飞，我的脖子早就摔断了。"然后他想了想说，以后要把飞行的技巧传授给巨人。

后来他们又上路了，这次到了另一座小镇。镇上的人都在默默哀悼。他们问其原因，百姓告诉他们，镇上来了一只邪恶的独角兽，它占据了他们的教堂，还四处烧杀掠夺。国王下令，谁能杀死这只独角兽，他就会奖励一千镑给这位勇士。一听到这样的奖励，他们就自告奋勇地跑到国王面前，说他们有办法杀死这只独角兽。

他们找工匠定制了一把大锤子和一副大钳子。武器做好后，巨人就拿走了钳子，把锤子留给了裁缝。但裁缝却说：

"要是百姓看到我们每个人都只拿着个小武器，他们会觉得我们太没气势了，你把他们都拿在手里吧，多威风啊。"

他们走到教堂门口时，巨人把锤子交给了裁缝，裁缝紧紧地握住了它。

后来独角兽就从教堂里冲了出来，裁缝瞬间就被远远地甩到了身后，但这时勇猛的巨人及时赶来，一下子把他劈成两半。裁缝忍不住抱怨：

"你把我的计划全都打乱了。我本来打算活捉那一只独角兽的。这样我们才能拿更多的钱。"然后他灵机一动，说："我现在教你如何飞吧。"

他们爬上了教堂的尖塔，裁缝说："我数一、二、三，数到三，你就往下跳。"于是巨人听话地跳了下去，结果不出意料地把脖子摔断了。

裁缝告诉国王，他们消灭了独角兽，而独角兽也把巨人杀死了。所以那一千镑的奖金就全都跑到裁缝的口袋里去了。

孪生兄弟

从前有一位公主，因为受到了魔法诅咒，所以她只能以鱼的姿态度过余下的一生。有一天，一个女人在河畔的草地上干活儿，她突然看到一群鸟儿飞在河的上方，好像还在和水里的鱼儿交谈着什么。这奇怪的景象引起了她的注意，于是她走到河边，好奇地往里看。可是她只看到一条游动的小鱼，她说：

"小鱼啊，我想把你给吃了，你肯定能填饱我空空的肚子。"

正当她这么说的时候，水中的鱼儿说话了：

"求你别吃我，放过我吧。我知道你无儿无女，我能让你得到一对双胞胎儿子。"女人也对小鱼说，要是她能给自己带来一对儿子，她就绝不吃掉它。

听到此话，小鱼便说：

"那就请你把我捞起来吧，带我去你的地里。把我埋在那里，然后在我身上种下一棵玫瑰树。玫瑰花第一次绽放之时，你会生下一对双胞胎儿子。三年后，你再刨开埋我的地方，就会在那里发现两把剑，你得好好看管它们。你养的母马会生下两匹小马，你的母狗也会生下两只小狗，这样你的双胞胎儿子就会各有一把剑、一匹马和一只狗。这两把宝剑的魔力将会帮助你的儿子们战胜世间所有人。当我的身体慢慢腐烂，这些魔法就会一一显现出来了。"

而后，在小鱼说的时间里，女人果然生下一对双胞胎儿子。这对双胞胎儿子渐渐长大，他们都长成了聪明勇敢的小伙子，他们脑海里也萌发了要

闯荡世界的想法。他们说："我们要去闯荡世界，碰碰运气。我们有满腔的勇气，任何艰难险阻都不能阻挡我们的步伐。我们一个会去东方，一个会去西方。我们每天都会查看宝剑的状态，因为只要我们一方处于危险之中，宝剑就会生锈，我们会借此来看对方是否需要自己的帮助。"

他们通过抽签来决定走哪条路，然后就带着宝剑、坐骑和护卫犬上路了。

其中一个儿子要骑马穿越幽暗深邃的森林，他在密林深处遇到了一条凶猛的恶龙和一只狮子，他与那条长着好几个脑袋的恶龙展开了一场恶斗。他们双方打得十分激烈，狮子一直在旁边静静地看着，后来骑士成功地砍下了恶龙的一个脑袋。这时他觉得有些累了，狮子就上前接替他；没过多久，稍作休息后的骑士再度起身，勇猛地砍下了恶龙的两个脑袋。就这样循环往复，直到他把恶龙所有的脑袋都砍了下来。然后把恶龙的舌头都割了下来，保存好，接着继续他的冒险之旅了。

在森林附近有一个小镇，而这条恶龙曾是这座小镇的恶梦，它每次都要来镇上吞掉一个人，这一次厄运降临在了镇子里的一位公主身上。她即将要被献祭出去，因此镇上各处都挂上了祭奠用的黑布。尽管如此，国王还是抱着一丝希望，下令屠龙者可以迎娶美丽的公主。

一群樵夫碰巧经过森林，看见散落在地上的龙头，樵夫知道这件事情，于是，他们中的一位把所有的龙头都收集了起来。走出森林后，他带着龙头请求与公主见面。

得知自己将要嫁给这样一个粗鄙乡夫的消息后，公主震惊不已，只好百般推脱，尽可能地推迟婚礼。

这时那位真正的屠龙骑士正好也到了镇上，他看到一家不错的旅店，就骑着马过去了。看见有客人前来，旅店老板马上前来询问招待。这家旅店非常热闹，除了他以外，在场还有很多客人。旅店内吵吵闹闹的，客人们都在热烈地谈论同一件事：公主什么时候才会嫁给那个屠龙者。其实原定的婚期早就到了，但新娘和她的父母一直在往后拖延。骑士听到这些谈话后，他问道：

"你们确定是那个樵夫杀死的恶龙？"

他们回答说，当然了，恶龙的脑袋还保存在皇宫里呢。

骑士什么也没说，而是待到时机成熟，他直接骑马冲到了皇宫。公主在窗台前看到了这位前来的骑士，心中不禁疑惑。骑士被门口的守卫迎进了大殿，他径直走到公主面前，告诉了她自己此次前来的用意。

公主看着眼前英俊潇洒的骑士，不免心动起来，随即答道：

"先生，我才不想嫁给他呢，我更想嫁给你。"

骑士问公主缘故。公主答道：

"一个人如果敢屠龙，那他肯定是个英勇的人。可那樵夫是如此的卑微，所以杀死恶龙的人绝不会是他。"

骑士提出想见见这位樵夫，于是守卫们把樵夫带到他面前。骑士又要求看那些被砍下的脑袋，守卫就将脑袋取来给骑士看。骑士看了看那些脑袋，说："怎么这些脑袋里都没有舌头？舌头都去哪儿了？"

他转向樵夫，提出质疑：

"你真的杀了那条恶龙吗？"

樵夫还是坚持他的说法。

"那你是怎么把头砍下来的？"

"用我的斧头。"

"不可能，你用斧子是没有办法做到的，你是个大骗子。"

樵夫被这话堵得一时语塞，说不出话来。他已经被吓破胆了，但他仍在狡辩：

"那条龙恰好没有舌头罢了。"

骑士拿出舌头说：

"这就是它的舌头，是我杀了那条恶龙。"

得知真相的公主一把抱住了他，献上了自己的吻，她已经迫不及待要嫁给他了。至于那个樵夫嘛，他在众目睽睽之下被赶了出去，不仅颜面扫地，还有一段牢狱时光等着他。后来公主嫁给了真正的屠龙骑士，他们幸福快乐地生活在一起。

日后有一天，骑士从窗台往外看，他注意到远处的山脉上坐落着一座黑色的城堡。他好奇地问妻子，那是什么城堡，它又属于谁。

"那是一座被施了魔法的城堡，踏进城堡的人永远都无法再回来。"

听到此言，他再也无法平静了，他迫不及待要去探索那座禁忌密堡。因此，第二天一早，他就命令侍从给他的马装上马鞍，然后在护卫犬的陪伴下，骑马快速前往城堡。当他们到达城堡时，他看到城堡大门是敞开的。于是他走进城堡，竟发现此前进来的人和动物全都变成了石头。城堡大厅里有一位老巫婆正坐在火边取暖。她注意到他进来后，开始装模作样地颤抖起来。

"天啊，"她说，"快把你的狗拴起来。他会咬伤我的。"

他解释说："别怕，他不会伤害你的。"

他弯腰轻拍他的护卫犬，就在这时，女巫趁机拿起魔杖敲击了他的身体。一瞬间，他就变成了石头，连马和狗也都变成了石头。

公主正在城堡焦急地等待着她的丈夫，他却迟迟没有归来。公主悲痛不已，百姓们也为他的离去感到痛苦万分。

就在这时，他的弟弟注意到自己的剑生出了锈痕，所以他确定哥哥此时定是遇上了麻烦。兄弟连心，他立刻骑上马向小镇赶去。到了镇上，他看见四处都挂满了黑色旗子。当他骑马穿过街道时，看到他的百姓都以为他是那位英勇的骑士，因为他也有一匹马和一条护卫犬。公主看到了他，急忙上前拥抱他说：

"我亲爱的丈夫，你去哪儿了？怎么去了这么久？"

他只好编了个理由，说他在森林里迷了路，还不小心落入了强盗之手。他没有办法脱身，所以只好假装自己也是强盗，答应跟他们待在一起，还帮他们找藏身之处。在强盗同意他加入团伙之后，他就找机会逃跑了。

每个人都松了一口气，骑士的弟弟也时刻保持着小心谨慎，没有暴露自己的身份。但是，他上床睡觉时却把剑放在自己和公主之间。这点让公主十分困惑，但她试图说服自己，找各种理由来解释这位丈夫的奇怪的行为。一天早上，他站在窗台前往外看，他也看到了那座城堡，向她询问那是什么城堡。

她回答说：

"我之前就和你说过了，那是一座被施了魔法的城堡，踏进那里的人都无法再回来。"

听到此话，他更加坚定了"哥哥肯定在那里"的想法。

他命令侍从给马装上马鞍，但是他没有告诉任何人，只身骑马赶往了城堡。他刚走进城堡就看到了石化的哥哥和他的护卫犬。除此之外，他还看到了所有被石化的骑士及他们的坐骑，还有坐在大厅里生火的女巫。

他说：

"你这个老巫婆，赶快让我的哥哥活过来，不然我就用我这把剑把你劈成碎块。"

巫婆知道这把宝剑有神奇的力量，所以她说：

"先生，求您了，别对我发这么大的火。你去取那个盒子，然后把药膏抹在他鼻子下面，他就会活过来。"

"你这个邪恶的老巫婆，你来动手，现在立刻动手，不然我就诅咒你。"

他走过去抓住她的魔杖，敲了一下她，结果她瞬间就变成了石头。他本不想这样做的，他也不知道魔杖竟有这样的魔力。随后他拿来盒子，往哥哥的鼻子下面抹上了药膏，他的哥哥没多久就活过来了。然后他给所有被变成石头的人都涂上了药膏，他们也都重新活了过来。至于那个女巫嘛，他就把她留在了原地。

之后兄弟俩骑马回去找公主。公主看到他们的时候都惊呆了，她根本分不清哪一个才是她的丈夫，因为他们长得太像了。

手足无措的她问道：

"我现在该怎么办？你们谁是我的丈夫啊？"

他们走到她面前，让她选出正确的一位。可是她仍然犹豫不决。于是她的丈夫便主动走到她面前，牵起她的手说：

"我才是你的丈夫，那位是我的弟弟。"

他告诉了她发生的一切，她很高兴她真正的丈夫回来了。后来他们就过上了幸福美满的日子，而他的弟弟则去其他的地方寻找属于他的财富了。

[捷克]约瑟夫·鲍迪斯选译，金珂译，选用时有改动。

本书译自（按本书篇章顺序）

Italian Popular Tales by Thomas Frederick Crane

Grimms' Fairy Tales by Jacob Grimm and Wilhelm Grimm

法国民间故事《鹅妈妈的故事》

Le Roman de Renart (Adaptation de Mme MAD H.-GIRAUD)

Fairy and Folk Tales of the Irish Peasantry by W. B. Yeats

East of the Sun and West of the Moon: Old Tales from the North by Asbjørnsen et al.

East O' the Sun and West O' the Moon by Asbjørnsen, Moe, and Thorne-Thomsen

Русские народные сказки — Алексей Толстой

Czech Folk Tales by Josef Baudiš

本书插图作者（按本书篇章顺序）

图书在版编目（CIP）数据

欧洲民间故事 / (苏) 阿·托尔斯泰等著 ; 任溶溶
等译. — 海口 : 南方出版社, 2023.7
　ISBN 978-7-5501-8408-4

Ⅰ. ①欧… Ⅱ. ①阿… ②任… Ⅲ. ①民间故事 - 作
品集 - 欧洲 Ⅳ. ①I507.3

中国国家版本馆CIP数据核字(2023)第122142号

OUZHOU MINJIAN GUSHI
欧洲民间故事

[苏联]阿·托尔斯泰 等/著　　任溶溶 罗新璋 等/译　　[丹麦]凯·尼尔森 等/绘

责任编辑：代鹤明
特约编辑：吕思航
责任校对：张婉宜　姜　颖
排版设计：ALEC
出版发行：南方出版社
地　　址：海南省海口市和平大道70号
电　　话：（0898）66160822
经　　销：全国新华书店
印　　刷：北京博海升彩色印刷有限公司
开　　本：720mm×1000mm　1/16
字　　数：228千字
印　　张：18
版　　次：2023年7月第1版　2023年7月第1次印刷
书　　号：ISBN 978-7-5501-8408-4
定　　价：118.00元

版权所有　侵权必究